KB113442

천 번의 환생 끝에 1

요람 장편 소설

초판 1쇄 찍은 날 § 2017년 8월 23일
초판 1쇄 펴낸 날 § 2017년 8월 30일

지은이 § 요람
펴낸이 § 서경석

총괄팀장 § 최하나
편집책임 § 김슬기

펴낸곳 § 도서출판 청어람
등록번호 § 제387-1999-000006호
등록일자 § 1999. 5. 31
어람번호 § 제1-2754호

주소 § 경기도 부천시 원미구 부일로 483번길 40 서경B/D 3F (우) 14640
전화 § 032-656-4452 팩스 § 032-656-4453
http://www.chungeoram.com
E-mail § chungeorambook@daum.net

ⓒ 요람, 2017

ISBN 979-11-04-91434-8 04810
ISBN 979-11-04-91433-1 (세트)

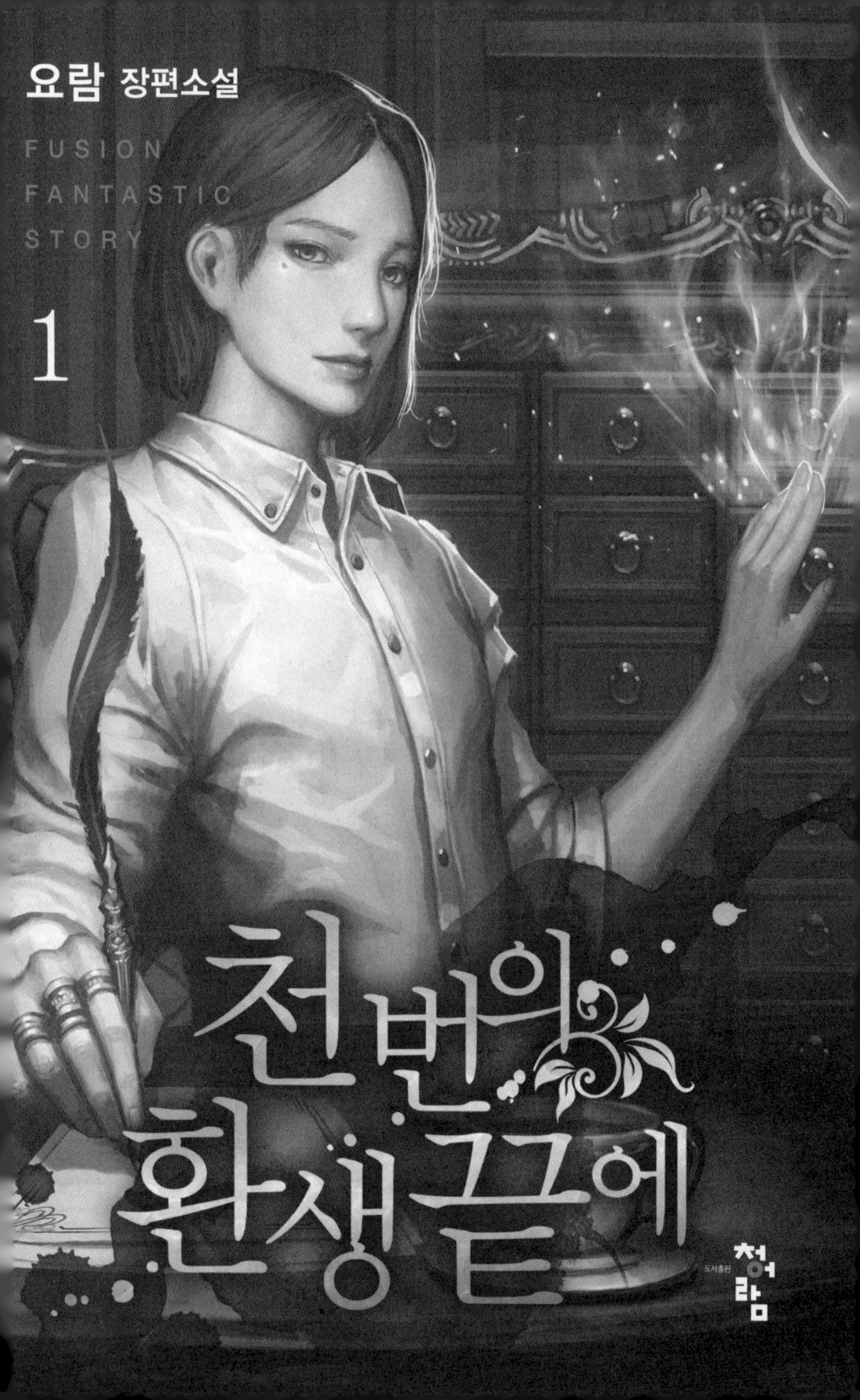
요람 장편소설
FUSION
FANTASTIC
STORY
1
천번의
환생끝에
도서출판
청어람

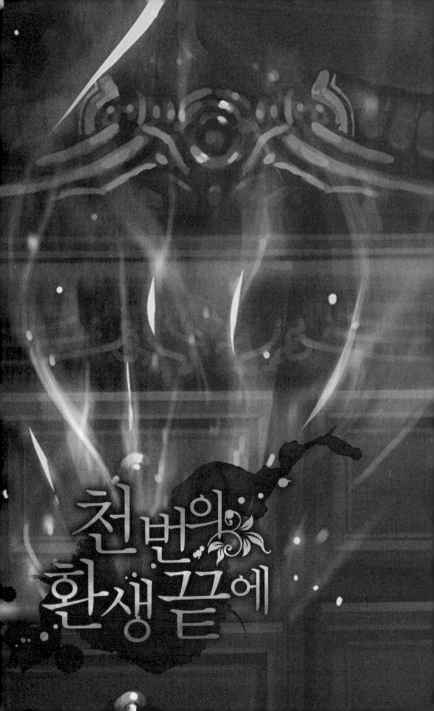

Contents

프롤로그

최초의 시대는 원시시대였다.

시대의 명령은 종족 번식이었다.

수염이 채 나기도 전에 여자에 깔려 죽었다. 종족 번식은 너무 힘들었다.

두 번째 시대는 석기시대였다.

시대의 명령은 존재하는 모든 부족의 통합이었다.

채 다섯 부족을 통합하기도 전에 배신한 수하의 돌도끼에 머리가 터져 죽었다. 단 한 번도 통합을 이루지 못했다.

세 번째 시대는 청동시대였다.

시대의 명령은 철(鐵)의 발견이었다.

한평생 철을 찾아 떠돌다가 객사(客死)했다. 단 한 번도 철을 발견할 수 없었다. 그렇게 시대는 변화하고, 나는 계속 태어났다. 나라가 변하고, 국가가 변하고, 때로는 다른 대륙에서, 때로는 남자에서 여자로, 다시 여자에서 남자로. 가끔은 죽는 순간 바로 다시 태어나고, 가끔은 몇십, 몇백 년 뒤에 태어나고, 나는 그렇게 계속 태어났고, 명령을 받는 삶을 이어졌다.

이미 몇백 번의 환생을 거쳤음에도, 환생은 계속됐다.

　　　　　　*　　　　　　*　　　　　　*

구백구십팔 번째 삶은 일제시대였다.

시대의 명령은 광복(光復)이었다.

소중한 친구 유관순을 구하려다 걸려서 순사(巡査)들에게 맞아 죽었다. 하필이면 왜 여인으로 태어난 걸까.

구백구십구 번째 삶은 민주화 투쟁의 시대였다.

시대의 명령은 완벽한 민주화의 완성이었다.

독재자의 개에게 고문당해 죽었다. 남산 아래서.

이게 가장 최근의 삶이었고, 나는 다시 천 번째 삶이 시작됨을 느끼고 있다.

chapter1
일천 번째 환생

포근하다.

따뜻하다.

역시나 아주 익숙한 감각이었다.

'또…….'

인지를 하는 순간, 한숨부터 나왔다.

지긋지긋했다.

이게 몇 번째인지 세는 것조차 귀찮았다. 아무것도 없던 태초. 인류의 태동부터 아마 시작했을 거다. 그때부터 죽으면 일정 시간이 지난 후, 다시금 환생의 길에 접어들었다. 게다가 환생이 시작되는 순간, 사고 능력이 생겨난다. 그 순간부터 자신이 환생자(幻生自)라는 걸 즉각 깨달았다. 무려 구백구십구 번의 환생. 이 모든 기억을 어렴풋이 느꼈다. 확실히 알고자 싶으면 확실히 기억났다.

'지긋지긋해.'

한두 번도 아니고, 무려 구백구십구 번이다. 천수를 누렸을 때도 있었고, 급사한 적도 있었다. 태초부터 대체 몇 년을 살아온 건지 감도 안 잡혔고, 세볼 엄두도 나지 않았을 뿐더러, 그리고 싶은 마음 자체가 들지 않았다.

다행히 미치지 않았다.

이 미친 짓을 시키는 대가로 완전한 망각은 아니지만, 부분 망각은 선사해 줬다.

기억은 떠올리려고 강하게 집중만 하면 아주 자세하게 떠올릴 수 있었다. 그건 마치 서랍을 열어 인생에 대한 기록지를 꺼내 읽는 것과 비슷했다. 1부터 999까지 있는 기억 기록 서랍이 있다 생각하면 이해가 빠를 거다.

'이번엔… 어디일까?'

999번 모두 전 세계 곳곳에서 태어났었다. 빈도와 횟수는 한반도 안에서 태어날 때가 많았지만 그렇다고 다른 국가에서 안 태어난 건 아니었다. 대륙을 비롯해 열도, 아프리카, 아메리카, 유럽 등 전 대륙에 걸쳐 태어났었다.

'아……'

감각이 변했다.

이 역시 익숙한 감각이었다.

탄생의 감각.

어둡던 시야가 갑자기 밝아지는 느낌.

그리고 포근함과 따뜻함은 사라지고, 서늘한 추위가 찾아왔다. 동시에 볼기가 화끈거렸다.

찰싹, 찰싹!

'에휴……'

이쯤 되면 질러주는 게 예의 아닐까?

"응앵! 으앵! 으앙!"

천 번째 삶이 시작됐다.

                    *   *   *

산만 한 덩치를 가진 사내가 보에 쌓인 아이를 안고는 연신 싱글벙글 웃고 있었다.

"우쭈쭈, 우쭈쭈."

"어휴, 그리 좋아요?"

침대에 누워 힘없는 미소를 짓고 있는 아내 임미정의 말에 남편 강상만은 으하하! 대소를 터뜨렸다.

"그럼, 이놈 봐. 내 눈을 아주 똑디 바라보고 있다니까?"

"호호호, 저도 지영이 보여줘요."

"어이쿠! 그럼! 보여 드려야지! 자, 여기… 조심조심."

"이이는……."

강지영(姜智永).

한글로는 여성 같은 이름이지만 양가 부모님이 추천한 이름이고, 신기하게도 용하단 철학관 몇 군데에서도 똑같이 나온 이름이었다. 여성스럽지만 그렇다고 남아에게 안 쓰는 이름도 아닌지라 아들은 지영이 되었다.

"아이… 지영아, 엄마야."

우쭈쭈.

아이를 안은 임미정의 얼굴에는 한없이 자애로운 표정이 떠올라 있었다. 아이에게 안 좋을까 봐 제왕절개도 아니고, 수 시간의 진통과 싸우며 자연분만까지 한 강인한 어머니였다. 아이, 지영은 생각했다.

'네, 알아요. 제 어머니인 거.'

천 번째 삶에서 이름은 강지영이 되었다.

여아 같은 이름이지만 뭐 어떻든 사실 상관없었다. 이름에 얽매일 시기는 이 수 세기 전에 지났으니까.

'그래도 남자로 태어난 건 다행이네.'

태어남과 동시에 '어머님! 건강한 아들이에요!' 하던 간호사의 말을 들어서 알고 있었다. 지영이 남자를 선호하는 이유는, 여인의 몸은 아무래도 신체적으로 부족함이 많기 때문이다. 일제시대 때 그랬다. 너무나 소중한 친구인 유관순을 구하려고 들어갔다가, 막판에 체력과 힘이 부족해 잡혔다. 그 외에도 많았다.

'지금은 프랑스지. 그때 백년전쟁 때도 정말… 어휴.'

뭐, 물론 그때 죽은 이유는 다른 이유지만 당시 정말 힘들었다. 그래서 지영은 자신이 남자로 태어났음에 굉장히 안도

했다.

"우리 지영이… 쭈쭈 먹을까?"

엄마 임미정이 앞섶을 주섬주섬 풀었다. 제법 부유한지 1인실이라 거리낌이 없었다. 봉긋한 가슴이 보였다. 그러곤 가슴에 입을 대어주었다. 지영은 망설임 없이 물었다. 이거? 무려 구백구십구 번이다. 숫자로는 999번의 환생 중이다. 수도 없이 어미의 젖을 물어본 경험이 쌓여 있는 지영이었다.

아직은 약한 아이의 생존 욕구라 하더라도 지영은 정신력으로 충분히 이길 수 있지만 그러지 않았다. 그래봐야 엄청 손해인 걸 알아서였다. 포만감이 서서히 차올랐다. 그리고 동시에… 졸리기 시작했다.

'자자. 잠이 보약이니까……'

지영은 젖에서 입을 떼고, 잠에 빠져들었다.

*   *   *

세월은 참 잘도 흘렀다.

100일이 지나고, 돌잡이도 지났다. 그 뒤로도 시간은 쭉쭉흘렀다. 이제 지영은 어엿한 미운 네 살 어린이가 됐다. 그 나이 때 하도 사고를 쳐서 미운 네 살이라고 하지만, 그건 지영과는 아무런 연관이 없었다. 태어날 때부터 이미 성인에 버금가는 정신력을 가지고 태어난 환생자가 바로 지영이다. 사고란 단어는 지영의 일생에 아직까진 존재하지 않았다.

"엄마, 여기요."

"어머, 벌써 다 먹었니?"

"네."

다 먹은 그릇을 설거지 중인 임 여사에게 가져다준 후, 지영은 총총걸음으로 자신의 방으로 들어갔다. 지영의 방은 심플했다. 인테리어는 또래 아이들의 방과 비슷하나, 책이 많았다. 그것도 그림책 같은 게 아닌, 꽤나 전문적인 책들이었다. 한쪽에서는 그림을 그리는 도구도 준비되어 있었다.

그러나 어느 것 하나 지영은 깊게 파지 않았다. 흥미가 없었고, 목표가 없었기 때문이다. 지금 현재 지영의 목표는 건강한 육체 만들기뿐이니 독서나 그림에 흥미가 있을 리가 없었다.

'언제 오려나?'

999번의 환생.

이 모든 환생에 마치 신의 계시처럼 미션이 주어졌다. 지영은 그걸 시대의 명령이라 불렀다.

종족 번식, 부족 통합, 철의 발견 등등. 나라의 광복, 민주화 시대를 이룩하라. 이런 명령도 내려왔다.

이런 시대의 명령은 누가 전해주는 게 아니라, 어느 순간, 뇌가 열리며 그냥 영혼에 각인되듯 찾아왔다. 그리고 명령이 각인되는 순간 지영은 그걸 거부하지 못했다. 반항할 수도 없었다. 그 명령을 거스르는 길을 걸을 수 없었다. 왜? 반항의 결과는 죽음이었기 때문이다.

'시기는 중구난방이었지만… 스물 살 전에 대부분 찾아왔던

것 같은데.'

명령이 각인되는 시기는 일정하지 않았다. 언제는 태어나는 순간 각인될 때도 있었고, 또 어느 때는 스무 살이 넘어서 각인됐을 때도 있었다. 그 이전까지는 그냥 환생자인 채, 그냥 살아갈 뿐이었다.

'이번 생은 어떤 명령이 내려올까?'

궁금하긴 했다, 솔직히.

정말 별의별 명령을 다 받아봤고, 개중에는 가장 최초의 삶처럼 어처구니없는 명령도 있었다. 종족 번식. 이때 지영은 열다섯 때 명령을 받았고 무려 10년간 오백이 넘는 자손을 남겼다.

'그리고… 크흠.'

복상사했다.

그걸 생각하자 볼이 빨개지는 지영. 창피했다. 남자라면 바라마지 않는다던 사유지만, 어쨌든 창피했다.

'희대의 카사노바가 되는… 아니, 내가 카사노바였지.'

그런 삶도 있었다.

그에 반해 처절한 명령도 있었다.

전쟁이 벌어진 땅에서의 삶이 그랬다.

전쟁의 종결.

지영은 그때 정말 미친놈처럼 방법을 찾아 헤맸고, 싸웠다. 당시 지영의 칼에 죽은 적군의 수는 셀 수도 없을 정도였다. 오죽했으면 적군들이 그가 이끌던 별동대를 혈귀대라 불렀겠나.

그리고 지영 본인을 대혈귀라 불렀었다. 그러나 결과는? 후방 침투 중 동굴에 고립, 지진으로 입구가 무너지면서 굶어 죽었다. 재수도 오지게 없던 거다.

그리고 그만큼,

'처절했지……'

그 삶은 손에 꼽힐 정도의 처절한 삶 중 하나였다. 임진년의 전쟁도 그랬다. 그때도 지금은 충무공이라 불리는 희대의 명장을 지키라는 명령을 따르다가, 그를 지키지 못했다는 자괴감에 배에서 삐끗하면서 바다에 빠져 죽었다. 수군이 수영을 못한다고?

'하필이면 왜 그때 술을 마셔서는……'

그래, 창피하게도 술 마시고 죽었다.

지영의 가장 크나큰 흑역사 중 하나였다.

'이 시대는 평화로운 것 같으니까 좀 무난한 명령이 내려오겠지?'

전쟁 중이라면 전쟁에 관련된 명령이 찾아온다. 시대가 평화로우면? 평화로운 명령이 내려온다.

'전과 전전 삶이 처절의 연속이었으니 이번엔 좀… 쉽게 해주시죠.'

퉁명스럽게 신에게 빌어보는 지영.

그런 지영의 앞에는 그렇게 영험하다는 삼다수를 떠놓은 물그릇 하나가 있었다. 나름의 정성스레 기도를 하고 있는 지영이었다.

"지영아! 아빠 오셨다!"

흡.

즉각 기도를 멈추는 지영.

호랑이 아버지가 오셨다.

물론 인성이 호랑이가 아니라 인상이 호랑이다. 아, 범죄자에게도 호랑이다. 아버지는 청렴결백한 서울지검 부장검사니까.

"네! 나갈게요!"

지영은 얼른 후다닥 달려 나갔다.

이제 다시 혼자 있을 때까지는 4살 강지영 어린이로 있을 시간이고, 지영이 가장 힘들어하는 시간이었다.

*　　　*　　　*

자괴감이 들었다.

병아리를 연상시키는 노란 옷을 입은 자신을 보고 있자니.

'이걸 꼭 입어야 하나… 아니, 유치원을 꼭 가야 돼?'

전생에선 없던 교육기관이었다. 하지만 인터넷으로 충분히 알아봤다. 옛날 학당과 비슷하지만 좀 달랐다. 그때는 그래도 의사소통이 충분히 가능한 나이부터 다닌다. 하지만 어린이집은…….

'맙소사… 애기들이랑 대체 어떻게 지내냐고……'

하아…….

지영의 입에서 한숨이 흘러나왔다.

오늘은 어린이집에 가는 날이다. 어린이집은 싫다고 의사를 밝혀봤지만 강상만에게 갈 것도 없이 임미정의 선에서 커트당했다.

솔직히 지금 지영은 초등학교 수업까지 전부 끝낸 상태였다. 999번의 환생을 거친 지영에게 초등교육까지는 껌이나 다름없었다. 그리고 그걸 부모님도 알고 있었다. 그러나 굽힘이 없으셨다.

"지영아! 시간 다 됐어! 옷 아직 못 입었니?"

거실에서 들려오는 임미정의 목소리에 지영은 한숨을 다시 포옥, 포기했다.

"아니요! 다 입었어요!"

지영은 최대한 밝게 대답한 뒤 다시 거울을 바라봤다. 역시나 자괴감이 해일처럼 밀려왔다. 하지만 어쩔 수 없었다.

'지엄하신… 어마마마의 고집을 꺾을 수가 있어야지……'

노란 병아리 같은 복장과 비슷한 가방을 들고 문을 열고 나가니 멋지게 차려입은 임미정이 보였다.

오늘부터 지영이 유치원을 나가듯, 임미정도 직장으로 복귀하는 날이었다.

"역시 우리 아들! 너무 멋있다!"

"하하……"

엄지 척! 내미는 임미정의 말에 지영은 난처한 웃음을 흘렸다. 이 모습이 멋있다고? 어머니, 농담도…….

"자자, 얼른 나가자. 차 올 시간 됐어."

"네."

임미정의 손을 잡고, 조막만 한 신발을 신은 지영은 다시금 속으로 체념의 한숨을 내쉰 후 밖으로 나섰다.

입구에서 5분쯤 기다리자 입고 있던 옷과 똑같은 노란색 스타렉스 한 대가 입구에 멈췄다.

드르륵.

"어머니, 저희가 좀 늦었네요, 호호."

열린 문에서 내린 젊은 아가씨가 임미정에게 고개를 숙이며 인사했고, 이어 지영을 바라봤다.

"어머, 지영이 옷 예쁘게 입었네? 선생님 저번에 봤지?"

"네, 안녕하세요."

꾸벅.

애어른이란 소리를 듣지만 그래도 지영은 예의가 발랐다. 20대에서 40대 사이의 사고 능력을 가지고 있어도, 너무 그대로 행동하면 임미정과 강상만이 인상을 잔뜩 찌푸리곤 했다. 애는 애다워야 해! 이어서 저 주제로 한창 설교를 했다. 두 사람 다 지영이 특별난 아이라는 것을 알고는 있었지만 언제나 지영에게 아이처럼 행동하길 바라셨다. 반강제적으로.

"어머, 어머, 의젓한 것 봐. 호호, 지영이가 정말 네 살이 맞나요?"

"저희 아이가 좀 조숙해요, 호호. 그래서 사고는 안 치는 아이니까 잘 부탁드려요."

"걱정 마세요, 어머니. 제가 지영이 담임인데 잘 보살필게요, 호호."

"저도 잘 부탁드려요, 호호."

"네에. 그럼 지영아, 우리 이제 유치원 갈까?"

지영은 그냥 고개를 끄덕이고는 담임 김성희를 따라 차에 올랐다. 차에 오르니 이미 아이들 몇이 타고 있었다.

"안녕."

자리에 앉아 인사를 했더니, 바로 안녕! 안녕! 하는 인사가 따라왔다. 하지만 그뿐이었다. 전부 각각 놀고, 칭얼거리기 시작했다. 한 아이는 벌써 눈에 눈물이 그렁그렁했다. 엄마, 엄마, 하고 찾는 걸 보니 엄마가 보고 싶은 모양이었다.

'아……'

차 안은 진짜 양방향 고막 테러의 적소라 할 수 있었다. 지영은 대략 정신이 멍해지는 걸 느낄 수 있었다.

'어린이집 삼 년… 초등학교 육 년… 중학교 삼 년까지? 맙소사……'

초중교육은 의무다.

정말 특출 나지 않은 이상 말이다.

'살려줘……'

지영은 태어나서 처음으로 서글픈 현실에 울고 싶어졌다.

＊　　　＊　　　＊

지옥이다.

'여긴 지옥이야……'

통제되지 않는 아이들이 무려 스물. 도무지 뭐라 말로 설명할 수 없는 지옥의 한복판에 지영은 덩그러니 앉아 있었다. 이제 첫날이다. 아이들은 아직 교육을 받지 못했고, 그렇기 때문에 통제는커녕, 엄마 보고 싶다고 울고불고 난리도 아니었다. 미치겠는 건 당연히 선생님들이겠지만 지영은 그보다 훨씬 더 미쳐 버릴 것 같았다.

"흐응, 흐이잉……."

바로 앞에 자신을 빤히 바라보며 눈물이 그렁그렁한 여아 때문이었다. 노란 유치원복 상의에 적힌 '유민아'란 이름. 이 아이는 아까부터 이상하게 자신을 졸졸 쫓아왔다. 화장실도 쫓아오려고 했다.

'넌 왜 그러니……'

민아가 자꾸 따라다니자 김성희 샘에게 얘기도 해봤지만 오히려 잘 부탁한단 소리만 들었다. 지금 두 명의 선생님도 정신이 없어 도저히 민아를 돌볼 시간이 없었기 때문이다.

"흐앙……."

"아……."

울었다.

새하얀 스케치북을 들고 와서 그림을 그리자고 하는 걸 안 들어준 대가는 눈물 폭탄이었다. 앞에서 울고불고 하니 정말 미치겠다. 999번의 인생. 당연히 아이도 많이 낳았다. 첫 번째 삶의 시대 명령만 하더라도 종족 번식이지 않았나.

하지만 옛 시대는 전부 여성이 아이를 키웠다. 남자는 밖에서 일, 여자는 집안일과 육아를 같이했다. 현대사회에서야 그 문화가 조금씩 사라지고 있지만 지영이 살던 전 시대들은 아니 었다. 그러니 지영이 아이를 낳아는 봤어도, 뭘 어떡해야 하는 지는 거의 몰랐다. 여인으로 태어났을 때는? 낳지 않았다. 임신 이란 축복 자체가 지영에게는 제약이었기 때문이다.

그래서 지영은 육아에 대해서는 거의 문외한이었다.

"민아야……."

"흐응, 우웅?"

"그럼 그럴까?"

"웅! 힝! 히히!"

"……."

닭똥같이 흐르던 눈물은 그 순간 멎었다. 지영은 소름이 쫙 끼쳤다. 고작 네 살짜리가? 지금 연기를 한 건가? 아니, 연기가 아닐 수도 있다. 하지만 지금 저 모습은…….

'너무 영악하잖아…….'

자신과 같은 환생자가 아닌가 의심이 들 정도였다. 하지만 이미 뱉었다. 눈물 자국 가득한 얼굴이지만 이제 눈동자만큼 은 아주 초롱초롱했다. 지영은 쓴웃음과 함께 민아의 고사리 같은 손에 크레파스를 쥐어줬다.

그러나 민아는 여전히 지영을 빤히 바라봤다. 민망함에 왜? 라고 묻는 지영.

"그려져!"

"내가?"

"응!"

"……."

그래, 그려준다, 그려줘.

지영은 체념의 한숨과 함께, 새하얀 스케치북을 노려봤다.

'뭘 그릴까…….'

스윽.

고개를 들어 다시 입을 여는 지영.

"뭘 그려줄까?"

"꼬옴!"

"곰?"

"응!"

열렬한 신자처럼 고개를 마구 끄덕이는 민아. 저러다가 담 걸리는 건 아닌지 걱정될 정도의 격렬한 끄덕임이었다.

어쨌든 곰이라고 했으니까…….

지영은 갈색 크레파스를 손에 쥐고, 천천히 곰을 머릿속에 떠올렸다.

'곰이라… 만난 적은 많지, 에휴.'

지영은 머릿속 서랍을 하나 열었다.

서랍 넘버 1.

종족 번식이 명령이었던 그 시대에 만난 곰이 가장 지영의 인상에 깊이 남아 있었다. 거대한 덩치. 석영은 그 녀석을 꺼내 제대로 기억한 뒤, 그림을 그리기 시작했다.

'대충… 오 미터 정도 했었지?'

두 발로 서서 양팔을 벌린 채 크아앙……! 울음을 터뜨리는데 진짜 무시무시한 위용이 느껴졌었다. 특히 가슴에 하얗게 열십자 흉터가 남아 있었는데, 지금 생각해 보면 좀 멋진 곰이 아니었나 싶었다. 그 이후는 냅다 도망쳤다. 안 쫓아왔기에 망정이지, 쫓아왔으면 아마 복상사가 아닌 곰의 먹이로 죽었을 첫 번째 생이었다.

'자, 먼저……'

슥, 슥슥.

지영은 양팔을 벌린 곰의 선을 먼저 그렸다. 그림을 전문적으로 배운 적은 없지만 999번의 환생을 거친 지영의 그림은 남다른 구석이 있었다. 순식간에 완성되어 가는 곰. 가슴에 열십자 흉터까지 그려 넣은 뒤, 채색을 시작했다.

'뭐, 대충 해줘도 좋아하겠지.'

열과 성의를 다할 필요는 없다.

"자, 다 됐다."

"……."

고개를 들어 민아를 보니 또 눈물이 터지기 일보 직전이었다.

"어, 왜?"

"흐, 흐잉, 흐아아앙……!"

펑 터졌다.

소란이 잠들어가던 와중이고, 워낙에 크게 터진지라 애어른할 것 없이 모든 시선이 민아와 지영에게 몰렸다.

"흐아아앙……!"

"왜, 왜에… 곰 그려달라며?"

"무서어, 흐앙! 무셔……! 엄마앙! 엄마앙……!"

"……."

놀란 김성희 샘이 달려와서 얼른 민아를 안아 들었다. 그리고 우쭈쭈, 민아를 달래기 시작했다. 지영은 어이가 없어 민아의 뒤통수를 바라봤다. 화가 나진 않았다. 하지만 곰을 그려달래서 그려줬더니 무섭단다. 그게 어이가 없을 뿐이었다.

'이거… 괜히 억울하네…….'

지영은 몰랐다.

자신이 그린 곰 그림이, 먹이를 향해 눈을 부라리는 모습이 얼마나 생동감이 넘치는지. 대충 그렸어도 999번의 삶에서 얻은 손재주와 묘사 실력이 어디 가는 건 아니었다. 게다가 아이의 사고와는 완전히 동떨어진 사고 능력.

그 결과 아이를 울리기 충분한 무시무시한 곰 그림이 완성됐다. 아이와 놀아준 적이 없는 지영의 첫날 사고 전적이었다.

"칫……."

그런 지영은 짧게 혀를 차곤 주섬주섬 스케치북을 정리하다 말고 우뚝 멈췄다.

뇌가 열렸다.

기묘한 감각이다.

머릿속이 근질근질거린다.

신비한 감각이다.

광활한 우주의 삼라만상이 보이고, 느껴졌다. 오직 지영만

느낄 수 있는 특별하고, 저주스러운 감각.

그렇게 별빛이 찬란한 광활한 우주를 관통하는 시대의 명령. 그 명령은 지영의 뇌리에 살포시 안착하고, 각인의 과정을 거쳐 지영을 잠식했다.

"아……."

짧은 탄성과 함께 시대의 명령을 느끼고, 그 내용을 확인한 지영은 와락 인상을 구겼다. 현 시점에서 최악의 명령이 내려왔다.

'뭐 이런 개 같은…….'

속으로 욕을 내뱉으며 머릿속에 각인된 명령을 문장으로 바꾸어, 스케치북에 옮겨 적어보는 지영.

아이처럼 살아라.

최악의 명령이다.

＊　　　　　＊　　　　　＊

유치원을 다녀온 지영은 방에 틀어박혔다. 밖에서 임미정이 '간식 가져다줄까?' 하는 목소리에도 일절 반응하지 않았다. 지영의 눈동자에는 당혹, 당황을 넘어서 체념으로 인해 썩은 동태 눈깔처럼 변해 있었다.

'왜? 왜 아이처럼 살라는 명령이 내려온 거지?'

여태껏 999번의 환생 중 999번의 명령을 받았지만 한 번도 이런 황당한 명령을 내려주진 않았다. 뭔가 특별한 걸 항상 내려줬었다. 그 시대의 의제, 혹은 반드시 해결해야 하는 과제들.

예를 들면 전쟁 같은 것 말이다.

그런데 이번엔 아무리 시대가 평안해도 그렇지, 아이처럼 살라는 명령은 정말 말도 안 되는 명령이었다.

'헛, 허허허……'

기가 막힐 따름이었다.

예전에 지구의 끝에 도달하라는 명령을 받은 적이 있었다. 석영은 그 명령을 받고, 정말 십 년 이상을 준비해 지구 끝을 향해 출발했다. 결과는 어떻게 됐게?

'지구는 둥글었지… 제기랄, 그때보다 더 황당하군.'

그래, 진리를 얻으란 소리였는데 정말 끝을 찾으라는 줄 알고 뱅뱅 돌았다. 농담이 아니라 지구 두 바퀴를 돌다가 객사했다. 나중에 환생하고 나서 지구가 둥글다는 얘기를 듣고는 미처 지랄 발광을 했던 게 기억이 났다.

'이번에도 그런 게 있을 거야. 찾자, 찾아야 돼. 안 그러면……'

시대의 명령은 거스를 수 없었다. 거스르면 아주 즉각적으로 조치를 취해온다. 그게 어떤 방식으로든 지영에게 명령의 이행을 강요했다. 그걸 계속해서 거부하면? 지영이라고 거부 안 해봤을 리가 없잖은가. 끝까지 거부할 시, 그 뒤는 항상 안 좋았다. 90% 이상으로, 죽음으로 이어지니까.

부욱.

가방을 열어 스케치북을 꺼내는 지영.

일단 발단을 꺼내볼 생각이다.

오늘 그렸던 곰 그림. 민아의 발음으로는 꼬옴 그림.

두 다리로 서서 양팔을 벌린, 원시시대 곰 한 마리가 포효하며 사냥감을 노려보고 있는 모습. 정교하게 그리기보단 생동감이 넘쳤다.

'이걸 그리고… 명령이 내려왔지.'

뭐가 문제였을까?

"빌어먹을, 문제고 나발이고 한 번밖에 안 오는 명령이 이딴 걸로 와……? 아오……."

뭔가 거창한 걸 바란 건 아니었다.

대한민국을 세계 최강의 부국, 강국으로 만들라는 허무맹랑한 명령 같은 것만 아니라면 그나마 괜찮았을 거다.

지영이 내심 바랐던 건 사람답게 살아라, 혹은 역사에 길이 남을 발자취 하나를 남겨라 등등 그나마 실현 가능성이 있는 명령이었다. 그건 어떻게든 머리를 쥐어짜 볼 수 있었을 테니까.

'지금 이 시대면 스포츠 스타도 괜찮고, 가수도 괜찮고. 정치인도 괜찮고 뭐, 그런 걸 명령으로 줬을 수도 있잖아. 아, 정말…….'

슥, 슥슥.

나한테 왜 그래요?

지영은 이 명령을 내려주는, 신이라 예상되는 존재에게 글자로 물었다. 하지만 당연히 신의 대답은 없었다. 대답은커녕, 곰한 마리가 쿠앙! 하고 노려보고 있을 뿐이었다. 하아! 벌러덩 드러눕는 순간, 밖에서 지영아, 밥 먹으렴! 하는 임미정의 목소리가 들려왔다.

"네!"

아이처럼 본능적으로 지영은 명령에 충실하기 위한 활발한 대답과 함께 스케치북을 들고 얼른 밖으로 나갔다. 문을 열기 무섭게 고소한 냄새가 후각을 자극했다. 발판을 밟고 의자에 착석!

식탁에는 뭇국, 햄 구이, 요즘 더럽게 비싸다는 계란말이, 시금치 무침, 콩나물 무침 등이 있었다. 다 지영이 선호하는 반찬이었다.

"잘 먹겠습니다."

"그래, 많이 먹으렴."

다행히 임미정의 음식 솜씨는 좋았다.

후룩, 살짝 간이 심심한 뭇국을 한술 떠 넣자 무겁던 마음이 사르르 풀려가는 것 같았다. 임미정이 당신의 밥과 국을 떠서 건너편에 와서 앉았다.

"지영아, 오늘 유치원 어땠니?"

후룩.

"재밌었어요! 아! 오늘 그린 곰 그림!"

"어머, 곰 그렸어?"

"네!"

지영은 스케치북을 임미정에게 건넸다. 임미정은 수저를 내려놓고 기대에 찬 미소로 스케치북을 펼쳤다.

'잘 그렸다 하시겠… 응?'

힐끔 눈치를 보던 지영도 수저를 멈췄다.

기뻐할 거라는 예상은 아주 보기 좋게 빗나갔다. 임미정은 그림을 보는 순간, 미소는커녕 얼굴을 딱딱하게 굳혔다. 그게 너무 눈에 띄어 모르려야 모를 수가 없었다.

"저……."

슬그머니 말문을 여는 지영.

"이 그림, 지영이가 그린 거야?"

"네……."

"누가 그려준 게 아니고?"

"네……."

"……."

임미정은 한참을 그림만 바라봤다. 입술을 잘근잘근 씹으며 그림을 너무 몰두해서 보는데, 그걸 바라보는 지영도 입맛이 뚝 떨어졌다. 아이의 본능적인 위기감이라 해도 좋고, 999번의 삶을 산 환생자의 감이라고 해도 좋다. 일이 틀어졌을 때 풍겨 나는 그런 분위기였다. 지영은 젓가락도 내려놓았다.

밥은 물 건너갔다.

"지영아."

"네… 잘못했어요……."

아이답게 일단 죄송하단 말부터 꺼내보는 지영. 그러나 임미정은 여전히 스케치북에서 눈을 떼지 않고, '그게 아니야' 란 대답을 해줬다. 이후 잠시의 침묵 뒤 다시 들려오는 굳은 목소리.

"곰 그림 잘 그렸어. 그런데 지영아, 지영이는 이런 곰 어디서 본 적 있니?"

"네? 그, 그게 티비에서……."

"티비에서?"

"네……."

"지영아, 이거 누구 보여준 적 있어?"

"그, 그게… 민아라고… 친구가 그려 달래서요… 그 친구는 봤어요."

"울었겠네?"

"……."

대답은 안 했지만 정답이다.

민아는 보자마자 아주 펑펑 울어댔다.

"이렇게 무섭게 그렸으니 민아라는 친구가 운 것도 이상한 일은 아니야. 그런데 지영아, 그거 아니?"

"네?"

"이건 곰이 아니야."

"네, 네? 어… 곰 그렸는데."

"여기 봐봐."

임미정은 스케치북을 내려놓고, 돌려서 지영이 보기 편하게 끔 해줬다. 지영은 곰 그림을 빤히 바라봤다.

'왜 곰이 아니지? 난 분명 첫 번째 생에서 만났던 곰을 기억해서 그린 건데?'

생동감 넘치는, 흉포한 곰 그림을 빤히 바라보고는 있지만 역시나 이게 곰이 아니라는 증거를 찾긴 힘들었다.

"모르겠니?"

"네. 잘 모르겠어요."

"발을 봐봐."

"발요? 음… 어, 어?"

지영은 임미정의 말을 듣고 나서야 뭔가 이상한 점을 발견할 수 있었다. 확실히 달랐다. 보편적으로 짐승의 발이 아닌… 인간의 발 형태였다. 그리고 앞발은 사람의 손에 가까웠다. 곰은 기본적으로 사족 보행이다. 그래서 앞발, 뒷발로 정의한다. 손은 없다는 소리다. 그런데 지영이 그린 그림은 다 곰인데, 발과 손이 달려 있었다. 가장 특이한 건 사람의 손이라고 생각될 손을 그려냈다.

"지영아, 곰은 손이 없어."

"어… 네, 그렇게 배웠어요……."

"티비에서 이런 곰이 나왔었니?"

"……."

지영은 거짓말에 대한 추궁에 답을 할 수가 없었다. 당연히 못 봤다. 저 곰 그림의 베이스는 자신의 첫 번째 삶에서 만났던 흉악한 식인 곰이 베이스니까. 지영은 그제야 자신의 실수를 깨달았다.

원시시대다.

그동안 무수히 많은 세월이 흐르고 흐르면서 곰은 야생에 맞춰 진화했다. 인간의 진화처럼 말이다.

'아니면 단일 종이고, 벌써 멸종했을 수도 있겠지. 나 진짜 멍청하다… 뭇국에 코 박을까? 아아…….'

그런데 지영은 그걸 몰랐다. 손발을 제외하면 누가 봐도 곰이니 당연히 기억도 그걸 곰으로 알고 있었다. 두 개의 기억에서 오류가 난 게 아니라 시대 배경이 아예 다르니 지영이 그린 건 '곰'이 아닐 수도 있다는 뜻이다.

'아, 이런 멍청한… 그래서 아이처럼 살라는 명령이 떨어진 건가? 하지만 여태 이런 적은 없었는데?'

지영은 어느 시대에도 신동 소리를 들었다. 생각해 봐라. 언어를 배우는 것도 빠르지, 애어른처럼 굴지, 배움도 빠르지, 그러니 신동 소리를 듣는 게 이상한 일은 아니었다. 개중에는 과하게 자신의 능력을 내보일 때도 있었다. 하지만 그때도 지금처럼 아이처럼 살라는 시대의 명령은 내려오지 않았었다.

"그리고 지영아."

"네……."

"지영이가 그림을 이 정도로 잘 그리는지 엄마도 잘 몰랐는데?"

"아······."

또 걸렸다.

지영의 방에 그림 그리는 기본적인 도구가 있긴 했지만 지영은 거기다가 제대로 된 그림을 그리지 않았었다. 그저 조금 잘 그리는? 대충 느낌 있게 끄적거리는? 그 정도였다. 그리고 그림도 몇 점 안 그렸다. 애초에 그림 도구는 지영이 너무 흥미를 끄는 게 없어 채워 넣은 소품에 불과할 뿐이었다.

그런데 오늘은 기억을 떠올려 그렸다.

그러다 보니 정교함과 섬세함이 살아났다. 거기에 환생자의 기억이 더해지면서 지극히 현실적인 생동감이 실렸다. 그 결과, 이런 사달이 벌어졌다.

'큰일 났다······.'

싫어하신다.

임미정과 강상만은 지영이 뭔가를 숨기거나 하는 걸 정말 싫어하셨다. 두 분 다 검사시니, 당연한 일이었다. 아, 어머니는 이제 변호사로 나가신다. 하지만 거짓말을 싫어하는 건 두 분 다 변함이 없었다.

그림 실력을 숨긴 것=거짓말. 이런 공식인 거다.

한바탕 몰아칠 태풍이 지영의 눈에 보였다. 고오오오, 임미정의 몸에서 오오라가 뿜어지는 것 같았다.

지영은 머리를 굴렸다.

'빠져나가······.'

눈알을 데굴데굴 굴리는데, 임미정의 목소리가 들려왔다.

"여보? 네, 오늘 바… 아, 오고 있어요? 아니에요, 별일은 무슨. 그냥 지영이가 그림을 그려왔는데요. 너무 잘 그려서요. 호호호, 이이는 참, 예술성은 절 닮지 않았겠어요? 네네, 얼른 들어와요."

뚝.

임미정이 호랑이 강상만에게 보고를 마치고 지영을 빤히 바라봤다.

"……"

지영은 등이 축축하게 젖어가는 걸 느낄 수 있었다. 불현듯 곰 그림 뒷장에 그려놓은 문구가 저도 모르게 떠올랐다.

나한테 왜 그래요?

'말해봐요, 나한테 진짜 왜 이래요……?'

달콤한 영화의 대사가 떠오를 정도로, 이번 생은 4살부터 너무 힘들었다.

chapter2
낭중지추(囊中之錐)

낭중지추(囊中之錐).

지영은 솔직히 너무나 예리한 송곳이었다. 의식하지 않으면 전생의 기억이 떠오르진 않았다. 하지만 서랍에서 꺼내면? 999번의 환생의 기억과 그 삶 중 익힌 지식과 기술은 지영을 범인의 경지를 아득히 뛰어넘게 만들고도 남음이 있었다.

'그래도 다행인 건 일부러 꺼내지 않으면 범인과 다를 바가 없다는 거지.'

지영은 기억을 서랍에 비교했다.

그 당시의 지식, 기술, 정신 수양 정도를 꺼내 쓰려면 서랍을 열람해야 한다는 조건이 붙었다. 지영은 이 부분에 주목했다.

'이번 시대의 명령은 아이처럼 사는 것. 그렇다면… 서랍의 열람은 정말 최악의 상황이 아니고서는 반드시 피해야 돼. 특히나 구도자의 삶 같은 건 정말… 무조건 피하고 본다.'

칠백 몇십 번째 삶의 명령 중에 진리를 얻으라는 명령이 있었다. 지구 끝에 도달하라는 우회적인 명령 말고, 말 그대로 진리(眞理)를 얻으라는 게 명령이었다. 그래서 지영은… 승(僧)이 되었다.

그리고 승으로서 진리를 모두 얻기는 불가능하다는 판단에 유럽으로 넘어가 가톨릭에 입교했다. 그래도 부족하다는 생각에 서장 밀교까지 찾아갔다. 결과는? 진리를 모두 깨우치진 못했다. 그냥… 노환으로 죽었다.

'만약 그 기억을 꺼내본다면……'

이 시대의 기준으로 지영은 그 즉시 득도 직전의 고승(高僧)이, 성자(聖者) 반열에 오른 가톨릭 신부가 되어 있을 거다.

절레절레.

'그것만큼은 꼭 피하자……'

지영은 고개를 저으며 다짐했다.

하지만 그런 지영의 다짐을 매우 힘들게 하는 이가 있었으니……

"노라져! 노라져여! 이이잉! 지영아, 노라져어!"

"……"

유치원에 오기만 하면 자신에게서 한시도 떨어지지 않으려고 하는 민아의 존재였다. 유치원에 다니기 시작한 지 벌써 두 달째다. 첫날에 그렇게 거하게 울려놨는데도 애는 뺄도 없는지 그 다음 날도 거머리처럼 찰싹 달라붙어 떨어지질 않았다. 심지어 화장실 갈 때도 샘 대신 같이 가자고 조를 정도였다.

그게 참 영문을 모르겠는 지영이다. 그리고 덕분에 매우 지치고 피곤하고 힘들었다. 당장 서랍을 열어버리고 싶을 정도였다.

"히잉! 노라져어! 잉잉……."

조금만 침묵하고 있어도 또 저렇게 눈물을 흘린다. 아이들이 가진 최고이자, 최악의 필살기가 펼쳐지고 있었다. 그 필살기에 된통 당하는 지영은 정말 고승의 기억을 꺼내보고 싶었다.

'차라리 나무가 되고 싶어…….'

꾸역꾸역 참기를 3분.

"어머, 민아야, 왜 울어?"

민아가 울음을 터뜨리자 다른 아이들을 보고 있던 보조 교사 유나래 선생님이 다가왔다. 165㎝ 정도의 큰 키에 펑퍼짐한 옷을 고집하는 보조 샘이다. 지영은 안다. 그 오버 사이즈 옷 안에 흘러내리는… 살이 있음을.

"지영이가 안 널아져어! 흐잉! 히이이잉……."

나래 샘이 오자마자 바로 일러바치는 민아. 지영은 슬그머니 자리에서 일어났다. 아이처럼 살라는 명령, 그래, 그걸 따라야 하는 건 아는데… 놀아주는 건 도저히 자신이 없었다. 멘탈을 세탁기 안에 넣고 탈수해 버린 기분? 딱 그런 기분을 지영은 느끼고 있었다.

"어머, 지영아……."

덥석.

일어난 지영의 손목을 나래 샘이 잡았다. 이 정도야 비틀어 자연스럽게 빼낼 수 있지만 지영은 그러지 않았다.

'아, 아이처럼, 아이처럼……'

끼긱, 끼기긱.

관절에 녹이 슬어 상한 것처럼 고개를 겨우 돌린 지영이 입가에 미소를 억지로 그려 넣고 말했다.

"네……? 샘?"

"우리 지영이 어디 가? 민아가 놀아달라잖니?"

"화, 화장실이요……"

"그래? 그럼 갔다 와서 놀아줄 거야?"

"네… 그럴게요."

샘이 나섰으면 별다른 회피 방법이 없었다. 몇 번이나 놀아 주겠다고 하고 나서야 나래 샘은 고개를 끄덕이며 손을 나줬다.

"우리 지영이 착하네. 호호, 지영이가 있어서 참 안심이야, 샘은."

"그, 그런가요……"

움.

'뭘 그런가요야… 어휴.'

의식적으로 말이 튀어나온 탓에 그에 또 자책하는 지영이다. 누가 네 살 때 저렇게 칭찬을 얼버무릴 수 있겠나. 이것도 실수였다. 아무리 애처럼 말하고 싶어도 정말 고쳐지지가 않았다.

다행히 그런 지영이 재미있었는지 웃으며 머리를 쓰다듬어 주고는 다시 다른 아이들한테 가는 나래 샘.

"나듀, 나듀! 미나두 하장실 갈래!"

"…그래."

지영이 체념하고 고개를 끄덕이니 민아가 손을 척 내밀었다. 저 행동이 한두 번도 아니라서 지영은 말없이 그 손을 잡고 당겼다. 꺄하하! 자지러지는 웃음과 함께 일어나는 민아. 일어난 민아의 키는 컸다.

보통 4세 이후 여아의 키가 106cm 정도인데, 민아는 그보다 훨씬 컸다. 지영의 지금 키가 115cm 정도다. 평균보다 약 7cm 정도 더 크다. 그런데 민아는 그런 지영보다도 조금 더 컸다.

매우 훌륭한 발육 상태라 할 수 있었다. 그리고 이렇게 크려면 식습관이 중요한데, 그간 봐온 민아는 편식이라곤 일절하지 않았다. 오히려 지영보다도 잘 먹었다. 참 복스러운 아이였다. 얼굴도 지금 당장 키즈 모델 선발 대회에 나가도 될 정도로 예쁘장했다. 특히나 왕방울만 한 눈과 벌써부터 날렵하게 뻗은 콧대가 매우 인상적이었다.

'그럼 뭐 해… 네 살짜리 꼬맹인데……'

떼쟁이.

지영에게 민아는 그 이상, 그 이하도 아니었다. 드르륵. 민아의 손을 잡고 복도로 나가는 지영. 민아는 뭐가 좋은지 히히히거리면서 찰싹 달라붙어 있었다. 지나가던 샘이 웃으면서 '어머, 지민 커플 어디 가니?' 하고 놀렸다.

지민 커플.

지영의 이름과 민아의 이름 중 앞 글자만 따서 만든, 샘들이 둘을 보며 하는 놀림 반, 귀여움 반에 나온 단어였다.

"하장실 가여!"

대답은 민아가 했다.

지영은 아무 말 없이 그냥 고개만 숙여 인사하고는 민아의 손을 이끌고 화장실로 갔다. 화장실 앞에서 다시 잠깐 실랑이가 있었지만 겨우겨우 여자 화장실로 민아를 보낼 수 있었다. 아이용 소변기에 선 지영은 진이 빠지는 걸 느꼈다.

"아… 돌겠다."

쪼르르.

한숨과 함께 볼일을 본 지영은 손을 씻고 밖으로 나왔다. 복도 벽에 등을 기대고 민아를 기다리길 3분.

"아, 왜 안 나와. 큰 거였나?"

누가 들었으면 기겁할 만한 소리를 태연히, 조심성 없이 내뱉은 지영. 물론 주변 확인은 끝내고 뱉은 말이었다. 그냥 돌아가려고 등을 뗐지만 신형을 돌리기 전 우뚝 멈추는 지영.

'그냥 가면… 장난 아니겠지?'

정말 골 때리게도 민아를 두고 왔을 때 벌어질 후환이 두려웠다. 100%의 확률로 민아는 또 자지러지듯 울 게 분명했다. 그건 이전의 경험으로 이미 충분히 겪었다. 그걸 아는데, 굳이 고생할 필요 있을까? 이제는 민아가 울면 아예 샘들도 본인에게 맡겨 버리는 판국에?

'에휴.'

한숨과 함께 여자 화장실 쪽으로 가서 살짝 열린 문 사이로 빼꼼 시선을 던져보는 지영. 이게 나쁜 일인 건 아는데…….

'아이니까.'

그렇게 자신의 범죄를 위안 삼는데, 안에서 목소리가 들려왔다.

"힝, 시러여……."

"가만있어 봐. 여기 옷이 흐트러졌잖니."

"히잉……."

민아의 목소리와 또 다른 성인 여성의 목소리였다. 어째 민아가 싫어하는 것 같아 문을 살짝 더 여니 어떤 덩치 산만 한 여자가 민아의 옷에 손을 넣고 여기저기 만지는 게 보였다.

'저거… 성추행?'

분명 말로는 옷이 흐트러졌다고 했다. 그런데 왜 손이 옷 안으로 들어가 있을까? 지영은 자신이 지금 성추행 범죄 현장을 목격하고 있다는 걸 곧바로 깨달았다.

"히잉……."

"샘이 금방 옷 입혀줄게."

"이이잉……."

민아는 칭얼거렸고, 여자는 여전히 민아의 몸을 더듬었다. 지영은 그걸 보면서 눈살을 잔뜩 찌푸렸다. 뭐랄까… 더러웠다. 어느 시대에서든, 아이를 상대로 저런 짓을 하는 건 진짜 더럽고 추악한 일에 속했다.

희대의 악인이 되라는 명령을 받은 적이 있었다. 당시 시대는 수에서 당으로 넘어가던 시기. 치안이 굉장히 어지럽던 시대였다. 그 시대에서 지영은… 무려 일천 이상을 학살했다. 스스로 생을 빼앗은 이들이 천 가까이 되고, 명령으로 죽인 사람까지 합치면… 셀 수도 없었다. 그런 그때도, 지영은 아이들만큼은 손대지 않았다. 정확하게 알려면 기억 서랍을 열어봐야겠지만 대략적으로는 알 수 있다.

'아니, 거의 모든 생을 통틀어서… 저러진 않았어.'

원시시대, 지식과 학문, 법도가 자리 잡지 않았던 시절에도 안 그랬던 것 같다. 그런 지영이다. 지금 저 꼴을 보고 있자니 속이 뒤집힐 것 같았다. 그리고 이상하게도… 열이 받았다. 그래도 유치원에서 가장 자신을 잘 따르던 민아다. 그게 사실 귀찮기도 하지만 두 달의 시간은 미운 정을 형성하기에 충분했다. 물론 지영은 그걸 격렬하게 부정하고 있지만.

'뒤집어 버릴까……?'

가능하다.

지영이 작정하면 논리와 증거로 저 추악한 여자를 만인 앞에서 박살 내는 건 일도 아니었다. 하지만 그러기엔 시대의 명령이 걸렸다.

'일단 구하자.'

그 뒤에 고민하자. 저 여자를 사회적으로 말살하는 건 나중 일이다. 물론 이 또한 시대의 명령을 어기는 일이 되겠지만 지영은 이번만큼은 가슴이 시키는 대로 움직이기로 했다. 후흡,

큼큼, 목을 가다듬은 지영은 배에 힘을 주고 소리쳤다.

"민아야! 안 나와? 안 나오면 나 먼저 간다!"

"어, 어? 어! 가, 가꺼야! 미나 가꺼야! 기다려! 히이잉!"

반응은 즉각 나왔다.

민아가 울음을 터뜨리기 무섭게 어머, 어머, 하는 작은 소리도 들렸다. 1분도 채 안 되어 민아는 나왔다.

"가, 가자! 미나 가꺼야! 바네 가꺼야!"

"그래, 가자."

지영은 울상인 민아의 손을 잡고 반으로 걸었다. 걸음을 몇 걸음 떼기 무섭게 끼익, 화장실 문소리가 들렸다. 고개를 돌려 얼굴을 제대로 확인하고 싶었지만 지영은 꾹 눌러 참았다. 괜히 돌아볼 필요 없었다.

'어차피 덩치로 기억했어……'

저런 돼지 같은 몸.

이 유치원에서 흔히 볼 수 없는 몸이었다.

'당신, 두고 봐.'

반으로 돌아가며 지영은 아이답게 미운 네 살 어린이가 할 수 있는 모든 방법을 모색하고 있었다.

＊　　　　＊　　　　＊

집으로 돌아온 지영은 아무런 티도 내지 않고 저녁을 먹고, 방에 틀어박혔다. 요즘은 아이처럼 해맑게 지내는지라 방에 조용히 있는 지영에 대한 터치는 없었다.

'어떻게 한다?'

아주 명백한 성추행 장면을 목격했다. 지영은 그게 정말 기분이 나빴다. 아니, 더러웠다. 설마 자신이 다니는 유치원에 그런 이상성욕자가 있을 줄은 생각도 못 했다. 가만히 내버려 두면 분명 언제고 자신에게도 마수를 뻗쳐올지도 몰랐다. 체격과 외모를 다 떠나서, 민아가 당했던 성추행을 자신이 당한다고 생각해 봤다.

부르르.

소름이 돋았다.

'가장 확실한 건… 민아가 집에 말해서 뒤집어놓는 건데……'

성추행 대상자는 자신이 아니라 민아였다. 이제 고작 네 살밖에 안 된 민아는 조잘조잘 떠드는 걸 좋아한다. 그러니 집에 가서 오늘 있었던 일을 전부 일러바칠 수도 있었다.

'하지만 그러지 않으면?'

여기서부터 다시 문제가 된다.

그리고 사실 민아가 집에 말해도 일이 원만하게 해결된다는 보장은 없었다. 왜?

'증거가 없으니까.'

지영은 네 살이다.

하지만 사고 능력은 웬만한 성인과 다를 게 하나도 없었다. 일단 인터넷으로 성추행 범죄에 대한 기사를 찾아봤다. 수많은 기사가 있었지만 대상을 구속하는 데 가장 중요한 건 역시 빼도 박도 못할 증거였다.

발전한 현대사회. 더불어 발전한 현대 과학. 과학의 산물인 CCTV처럼 사진, 영상이 반드시 있어야 됐다. 그게 없으면 구속 자체가 힘들었다. 신고하면 내쫓을 수는 있을 것이다. 하지만 지영은 거기서 만족하기 싫었다.

'또 다른 데 가서 범죄를 저지를 수도 있잖아.'

그게 싫었다.

그런 이상성욕자는 사회에서 매장당하는 게 가장 나은 방법이라 생각했다. 물론 여기에도 문제는 있었다.

'시대의 명령이… 가만있지 않겠지?'

사실 지영은 이 부분이 가장 큰 고민거리였다. 명령에 반하는 행동을 하면 시대는 분명 직간접적으로 영향력을 지영 본인에게 선사해 올 것이다. 그게 어떤 방향이든, 일단 겪는 순간 본능적으로 알 수 있게 된다.

아, 내가 지금 명령에 반했구나. 잘못된 길을 가고 있구나. 이런 식으로 말이다.

'후우, 하지만 그래도……'

싫다.

999번의 삶을 겪으며 지영은 명령에 반했던 적이 꽤나 많았다. 오늘처럼 아이들을 대상으로 한 명령은 특히 그랬다. 지긋지긋한 환생 덕분에 미친 학살자가 된 적이 있긴 하지만 그건 999번을 통틀어 정말 몇 번 안 됐다. 지영은 선택해야 했다.

명령을 따라갈 것인가.

심장을 따라갈 것인가.

'일단 하루만 지켜보자. 민아가 얘기했는지 안 했는지에 대한 것만 확인하고 움직여도 돼.'

지영은 일단 결정을 보류했다. 자신이 처한 상황이 이러지도, 저러지도 못하게 한다는 사실이 매우 답답했지만 어쩔 수 없었다. 지금 당장은 상황을 지켜보는 게 최선일 테니까. 그리고 이 정도 답답함은 사실 버틸 만했다. 지영은 999번을 거친 환생자다. 이런 답답함은 그 수많은 삶을 겪으며, 무수히 겪어 봤기 때문이었다.

'그래도 누구인지는 알아봐야겠지?'

지영은 강상만이 사준 태블릿 PC를 켰다. 그리고 자신이 다니는 유치원 홈페이지에 들어갔다. 홈페이지에 샘들의 프로필이 전부 걸려 있었다. 일단은 정교사 샘들 프로필이 상단에 링크되어 있었고, 아래로 내리자 오늘 봤던 그 여자의 프로필이 있었다. 일단 어깨가⋯ 대단했다.

무슨 레슬링 선수가 아닌가 싶을 정도로 쩍 벌어져 있었다. 그리고 쪽 찢어진 눈, 들창코에 각진 턱이 인상적이라면 인상적이었다.

'이정숙, 나이 서른다섯, 계약직 교사.'

역시나였다.

정교사였다면 미치지 않고서야 그런 짓을 할 리가 없었다. 지영은 그녀의 프로필을 외운 후 성폭행, 추행 사례들을 살펴보다가 1시간쯤 지나서야 PC를 껐다. 그러자 아직 여물지 못한 육체가 오늘은 제법 피곤한지, 얼른 자라고 호소해 왔다. 그렇게 추악한 범죄 현장을 목도한 하루가 지나갔다.

*　　　*　　　*

다음 날, 그리고 그 다음 날이 지나도 유치원은 평온했다. 민아는 여전히 앞에서 징징거리면서 놀아달라고 할 뿐이었고, 그녀의 부모님이 와서 유치원을 뒤집는 일은 일어나지 않았다. 이건 민아가 말을 안 했다는 뜻이었다.

"일거져! 지영아, 이거 일거져!"

이번엔 선녀와 나무꾼이었다.

지극히 아이다운 말투로 책을 읽어달라는 민아의 모습은 이틀 전 성추행을 당했다고는 생각할 수도 없을 정도로 밝았다. 민아는 아이답게 금방 잊어버린 게 아닌가 싶었다. 어떤 사례에서 봤었다.

실제로 성추행 사례는 꽤나 많지만 그건 항상 CCTV가 없는 곳에서 이루어지고, 아이들이 그걸 먼저 입 밖으로 꺼내지 않는 이상 일이 불거지는 경우는 없다고. 그렇기 때문에 실제로 성추행을 당하는 아이들은 훨씬 많을 거라고 전문가들은 입을 모아 말했다. 지영도 그 부분에는 동감했다.

'잘못은 잘못을 들키기 전까지는 잘못이 아니니까.'

민아의 경우가 딱 이런 경우였다.

분명 잘못된 일이 벌어졌지만 민아의 입에서 그 잘못이 드러나지 않았기 때문에 잘못이 아닌 상황이었다.

범죄는 벌어졌지만 아직은 어둠 속에 숨어 있는 그런 상황이란 소리다. 지영은 또 그렁그렁 필살기를 펼치고 있는 민아를 잠시 보다가 책을 들었다. 선녀와 나무꾼이라는 동화책이었다.

"옛날 옛날에 깊은 산에 사는 나무꾼이 있었어요."

"웅웅! 나무꾼! 나무꾼!"

오, 이번엔 용케 발음이 제대로 나왔다. 그렁그렁에서 초롱초롱으로 순식간에 변한 민아에게 지영은 천천히 동화책을 읽어줬다. 그런데 피곤했던 모양인지 중간에 새근새근 잠이 들었다. 후우, 지영은 잠든 민아를 한쪽에 눕힌 다음 이불을 덮어줬다. 사실 지금은 오침 시간이었다. 점심 먹고 한숨 포옥 자는 시간. 지영이야 원래 잘 안 자고, 민아는 졸리면서도 어떻게든 지영이와 놀려고 버티고 있던 것뿐이었다.

잠든 민아를 뒤로하고 반을 한번 둘러보는 지영. 샘들도 지쳤는지 각자 책상에서 엎드려 자고 있었다.

'고생 많으세요……'

유치원은 정말 하루하루가 전투다.

지영도 미칠 것 같은데, 샘들이라고 어련할까. 유치원 교사. 이건 정말 아무나 못할 일이라는 걸 깨달은 지영은 그녀들에게 속으로 인사를 하곤 조용히 밖으로 나왔다. 드르륵. 아이들과 샘들이 깨지 않게 조용히 문을 연 지영. 혼자 돌아다니면 바로 반으로 돌려보내기 때문에 복도를 살피는데, 또 보였다.

'……'

덩치가 산만 한 레슬러 이정숙이 눈을 비비는 여아의 손을 잡고 화장실로 들어가는 장면을 말이다. 지영은 바로 알아차렸다. 범죄다. 또 성추행을 하려 하는구나. 얼굴을 굳힌 지영은 살금살금 화장실로 다가갔다.

오침 시간이라 유치원 내부는 너무나 조용했다.

'이런 조용함 속에 범죄가 벌어지는 거지. 그래서 아무도 모르고.'

지영은 마음을 독하게 먹었다.

증거를 잡을 상황은 왔다. 하지만 이제 증거를 포착하고 이걸 알리는 순간, 시대의 명령에 반하게 된다.

'음… 이 정도면 작은 사고 정도이려나?'

크게 반하는 건 아니니까.

아마 목숨이 왔다 갔다 하는 큰 영향력 행사는 없을 거라는 계산이 섰다. 이건 999번의 삶 중 직접 실험하고 확인한 사항이었다. 여자 화장실 앞까지 다가간 지영은 주머니에서 네모난 물건을 꺼냈다.

스마트폰이었다.

보통 네 살에게는 사주지 않지만 지영이 어디 보통 아인가? 사줘도 그걸로 쓸데없는 일을 할 아이가 아니라는 걸 아는 임미정이 준 유치원 입학 선물이었다.

'동영상 모드, 이거 하나면 충분하지.'

사진보다는 동영상이 아주 확실하다. 제대로만 찍으면 이정숙을 아주 확실하게 교도소로 보낼 수 있었다. 요즘 유치원에 문제가 많아 유아 성추행은 그냥 골로 간다. 정상참작의 여지? 기사를 살펴보니 그런 경우는 거의 없었다. 그러니 찍기만 하면 된다. 찍기만 하면 되는데 문제가 생겼다.

'아, 제기랄……'

문이 닫혀 있었다.

저번처럼 조금 열려 있었으면 그 안으로 찍으면 되는데, 이번엔 문이 견고하게 닫혀 있었다. 이건 지영으로서도 생각지 못한 변수였다.

'오침 시간이 얼마나 남았지?'

1시간 정도 잔다.

폰으로 시간을 확인하니 30분 정도 지났다. 남은 시간 30분. 길면 길고, 짧으면 짧은 시간. 이 시간 안에 증거를 확보해야 했다.

지영은 입술을 잘근잘근 씹다가, 바로 현관으로 바람처럼 달려갔다. 네 살짜리가 뛰어봐야 얼마나 빠르다고 바람에 비유하냐고? 빨랐다. 또래와는 다른 성장은 물론, 지영은 무리가 오지 않는 선에서 하루도 거스르지 않고 운동을 했다. 나중을 위해서 육체의 성장에 절대 소홀하지 않았다. 그러니 빠르다. 절대로 아이의 육체에서 나올 속도가 아니었다.

끼익.

다행히 현관문은 열려 있었다.

밖으로 나온 지영은 건물을 돌아 여자 화장실 쪽으로 갔다.

이곳으로 온 이유는 창문이 있기 때문이었다. 그러나 지영의 현재 신장으로는 역시 무리다. 하지만 그렇다고 방법이 없는 건 또 아니었다.

주변을 살펴보니 노란색 플라스틱 박스가 보였다. 세 개. 세 개만 쌓으면 충분할 것 같아서 얼른 세 개를 쌓고, 옆에 두 개를 쌓고, 다시 그 옆에 하나를 쌓고는 계단처럼 밟아 3층 박스로 올라갔다.

'제발 대변기 안쪽만 아니어라……'

빼꼼…….

다행이다.

저번에 민아처럼 밖에서 여전히 졸려 눈을 비비는 여아를 성추행을 하고 있었다. 동영상 촬영 모드로 폰을 돌려놓고 슬그머니 폰만 올렸다. 시간은 잘도 흘러갔다.

'일 분! 아니, 이 분?'

성추행 장면만 제대로 담기면 1분짜리 영상이어도 충분할 것이다. 지영이 1초가 1분처럼 느끼고 있던 순간, 드르륵! 창문이 갑자기 확 열렸다.

"헙!"

생각도 못 한 상황에 지영은 몸과 손을 바로 뒤로 뺐다. 그러자 몸이 붕 뜨는 게 느껴졌다. 그리고 중력의 영향으로 자유낙하.

'어… 떨어진다…….'

그렇게 속으로 중얼거리며 근육이라고 아직 할 순 없지만 양

날개 쪽에 힘을 바짝 주고 숨을 멈춘 다음 다가올 통증에 대비해 눈을 감았다.

퍽!

"욱······."

등으로 묵직하면서도 찌릿한 통증이 순간적으로 일어났다 사라졌다. 그 후에야 지영은 눈을 슬그머니 떴다가, 저도 모르게 다시 질끈 감았다.

"······."

"······."

이정숙이 고개만 내밀어 아무런 표정도 없는 눈으로, 지영을 내려다보고 있었다.

심장이 쿵쿵쿵! 꼬리에 불붙은 망아지처럼 뛰었다.

'와, 깜짝아······.'

아무리 지영이라도 저런 눈빛을 보면 순간적으로 놀랄 수밖에 없었다. 하지만 역시나 지영의 회복 속도는 빨랐다. 언제 놀랐냐는 듯이 심장은 정상 박동수를 찾았고, 지영은 눈을 다시 떴다.

"······."

"······."

지영은 누워 있고, 이정숙은 여전히 내려다보고 있었다. 지영은 무감정 속에 깃든 감정을 어렴풋이 파악했다. 전생에서도 그랬지만 저렇게 눈빛에 감정을 담지 않은 사람들은 조심해야 할 부류였다.

'요즘 말로는 사이코패스라 하던가?'

타인에게 해를 입히고도 양심의 가책을 느끼지 않는 정신이 상자. 이정숙이 딱 그랬다. 지영은 천천히 자리에서 일어났다.

"안녕하세요, 선생님."

"그래, 안녕. 이름이… 지영이구나?"

가슴에 붙어 있는 명찰에 이정숙의 시선이 박혔다가 손에 들린 스마트폰으로 천천히 옮겨갔다. 지영은 이제 놀라지 않았다. 스마트폰을 슬쩍 들여다보니 동영상은 여전히 촬영 모드로 돌아가고 있었다. 지영은 태연한 표정으로 영상을 저장하고, 다시 틀었다.

"찍었니?"

"네, 찍었어요."

사실은 잘 모른다.

일단 영상을 확인해 봐야 잘 찍혔는지 알 수 있을 테지만 지금은 그럴 상황이 아니었다. 눈을 쪽 찢은 이정숙이 자신을 보며 음침한 미소를 보내고 있었다.

"폰, 선생님 줄래?"

"싫어요."

"어머, 지영이 선생님 말도 안 듣는 못된 아이였니?"

"지금만큼은 못된 아이 할게요."

지영은 태연히 대답하고는 몇 걸음 뒤로 물러났다. 여태 내려다보던 이정숙의 머리가 천천히 멀어지는 지영을 따라 올라왔다.

"지영아? 낮잠 시간인데 이렇게 밖에 돌아다니면 어떡하니? 혼나야겠네. 지금 선생님 나갈 테니까 잠깐 기다릴래?"

"나오실 건가요?"

풉.

어림도 없는 소리를 하는 이정숙이다. 설마 아직까지 못 느끼고 있는 걸까? 네 살짜리 꼬마가 영상을 촬영했다. 이 정도만 해도 지영이 얼마나 영악―어른스러운지―한지 알아차렸어야 했다. 하지만 자신의 범죄 현장을 들켰다는 사실에 이정숙은 지금 그러한 사실을 느낄 여유가 없었다.

오직 지영의 손에 들린 스마트폰에 정신이 쏠려 있었다. 저게 원장이나 경찰의 손에 들어가면? 굳이 깊게 생각하지 않아도 이후 상황이 어떻게 흘러갈지, 자신에게 어떤 결과가 기다리고 있을지는 계산이 빤히 나온다.

"응, 말 안 듣는 지영이 혼내줘야겠어. 거기서 잠깐 기다리렴."

"아니요. 안 그러셔도 돼요. 저는 그냥 경찰 아저씨한테 혼날래요."

"어머… 지영아?"

이정숙의 얼굴이, 무감정했던 얼굴에 뚜렷한 감정이 떠올랐다. 당혹. 당황은 아니고, 분노의 감정이었다. 안 그래도 족제비처럼 찢어진 눈이 더욱 찢어지면서, 소름끼치게 뚜렷한 삼백안을 만들었다. 그러나 지영은 그러거나 말거나, 조금도 무섭지 않았다. 이 정도로 무서워할 거였으면 999번의 환생자 타이틀은 갖다 버렸어야 할 거다.

"저 문 나가서 오른쪽으로 백 미터에 파출소가 있어요. 저는 거기에 있는 경찰 아저씨한테 혼날게요."

"이런… 가지 말아줄래?"

"왜요?"

"가지 말라면… 가지 마!"

왁!

이정숙이 악을 쓰듯, 마치 공포 영화의 귀신처럼 일그러진 얼굴로 소리쳤다. 그러면서 지영을 향해 손을 마구 뻗었다. 화장실 창문이 높아서 다행이었다. 거구의 이정숙이 넘지 못하니 말이다. 만약 그녀가 저 창문을 넘었으면 아주 난감한 상황에 빠질 뻔했다.

"너 이 녀석……! 이리 와! 얼른 이리 안 와!"

"안녕히… 가세요."

지영은 등을 돌렸다.

뒤에서 여전히 악을 쓰는 소리가 들렸다. 힐끔, 뒤를 향해 한 번 웃어준 지영은 냅다 달리기 시작했다.

팍팍팍팍! 네 살짜리가 맞나 싶을 정도로 빠르게 지면을 박찬 지영은 어느새 정문에 도착했다. 철창문이 아닌, 지영의 머리 정도까지 오는 나무 문이다. 문은 아이들이 혹여 실수로 나가지 못하게 잠겨 있었지만 이 정도야……

"읏차!"

그냥 넘어버리면 그만이다.

네 살이지만 네 살답지 않은 신체 능력의 보유자인 지영에게 저 정도 높이를 넘는 건 일도 아니었다. 지영은 문을 넘고 한번 점프해서 문 너머를 확인했다. 이정숙이 현관문을 나와 쿵쿵쿵! 뛰어오는 게 보였다.

'이제 여유 부리면 안 되겠다.'

지영은 바로 뛰었다.

파출소는 다행히 얼마 걸리지 않았다. 마치 마라토너처럼 일정한 호흡, 리듬으로 달린 지영은 금방 파출소에 도착했다. 총다섯 개의 계단만 이제 올라가면… 되는데.

지이잉…….

뇌리에 익숙한 감각이 찾아왔다.

간질간질하면서도, 그 안에 불안함이 숨어 있는.

'이거… 제길!'

툭.

잘 올라가다 말고 계단 끝에 발끝이 걸리고 만 지영. 상체가 앞으로 쭉 쏠렸다. 지영은 손을 짚을까 하다가 한 손에 폰을 들고 있다는 사실을 순간적으로 깨달았다. 앞으로 넘어지는 순간부터 세계가 멈춘 것 같은 기분이 들었다. 이거다. 시대의 명령을 어기면 이런 식으로 불상사가 찾아온다. 절대 빼먹는 법 없이 항상 말이다.

"하여튼… 썩을."

철퍽!

만세 하듯 앞으로 그냥 넘어져 버린 지영은 정강이와 이마,

코에서 동시다발적으로 일어난 통증에 인상을 꽉 썼다. 그러나 이러고 있을 시간이 없었다. 지영은 얼른 일어나 고개를 돌려 봤다. 저 멀리서 쿵쿵쿵! 지축을 울리며 달려오고 있는 이정숙이 보였다. 아니, 산불 맞은 멧돼지가 보였다.

거리는 멀었다.

지영은 손을 흔들어줬다.

"너 이 새끼! 내가 죽여 버릴 거야……!"

그러자 악의에 가득 찬 이정숙의 목소리가 들려왔다. 그러나 몇 번이나 말했듯, 저런 협박으로는 지영을 멈출 수 없었다. 살짝 절룩이는 걸음으로 유리문을 열고 안으로 들어가니 예쁘게 생긴 경찰 누나가 다가왔다.

"무슨 일이니?"

"누나, 이거요."

지영은 곧바로 동영상을 재생했다. 허리를 숙여 지영의 폰을 바라보는 여경 김영호는 곧바로 나오는 영상에 인상을 잔뜩 찌푸렸다. 동영상 속에는 멧돼지 이정숙이 아이의 몸을 마구 주무르고 있는 모습이 아주 적나라하게 흘렀기 때문이다. 지영은 그런 여경에게 담담한 목소리로 말했다.

"신고하러 왔어요."

"이 사람… 누구니?"

"저희 유치원 샘이요. 아, 저기 오네요."

도착했는지 유리문을 거칠게 밀면서 들어오는 이정숙에게 여경 김영호의 시선이 넘어갔다. 그리고 바로 앞으로 나가 이정숙을 말리려 했다.

"너, 이 애새끼! 죽어!"

그러나 말릴 겨를도 없이 거대한 덩치를 지영에게 던졌다. 지영은 이 순간, 조금 당황했다.

'뭐야, 끝이 아니었…….'

어? 란 말이 끝나기도 전에 이정숙의 몸이 허공을 날았다.

휘릭!

쾅!

여경 김영호, 유도 국가대표 출신이고, 이번에 무도 특채로 뽑혀 갓 임관한 의협심 넘치는 경찰이었다.

이정숙의 세상이 한 바퀴 돌고, 김영호 여경이 곧바로 그녀를 제압했다. 이후 놀란 다른 경찰들이 달려들어 이정숙에게 수갑을 채웠다. 깔끔한 빗당겨치기 한 방에 상황은 그렇게 끝났다.

                    *   *   *

그날 저녁.

지영은 두 분 부모님 앞에 무릎을 꿇고, 두 손을 든 채 벌을 받고 있었다.

"……."

"……."

두 사람의 눈빛은 무서웠다.

특히 임미정의 눈빛은 정말… 천하의 강지영, 환생자 강지영의 기조차 죽일 정도였다.

오늘 임미정은 정말 엄청 놀랐다. 갑자기 경찰에서 연락이 왔기 때문이었다. '강지영 학생 어머님이시죠?' 하고 묻기에 네, 했더니 '여기 어디어디 파출소입니다' 라는 대답이 돌아왔다. 그 순간 심장이 덜컥 멎는 줄 알았다. 뒤이어 이런저런 일이 있으니 파출소에 방문해 달라는 말이 이어졌지만 임미정은 하나도 제대로 듣지 못했다. 3일 뒤 있을 항소심 준비로 여념이 없던 임미정이었지만 전화를 끊고 난 순간 곧바로 가방을 챙겨 사무실을 나섰다. 나서기 전 '미정 선배! 야, 임미정 어디 가!' 하는 소리들이 들렸지만 곧바로 잊혀졌다.

차에 탄 뒤, 덜덜 떨리는 손으로 겨우 강상만에게 전화를 하고, 곧바로 파출소로 출발했다. 정말 속이 타들어가는 억겁 같은 시간을 느끼면서 파출소에 도착했고, 안으로 들어가자 유치원의 원장, 원감 선생님과 김성희 담임 선생님 사이에 앉아 있는 지영의 모습이 보였다. 앞뒤 볼 것 없이 지영아! 하면서 달려 들어 안고는 내 새끼 괜찮은지 한참을 살폈다. 아픈 곳이 없다는 아들의 말이 있은 후, 경찰에게 자초지종을 들었다.

기가… 막혔다.

얘기를 짧게 간추려 보면, 여아를 성추행하던 선생님이 있었고, 지영이 우연히 그걸 발견하곤 동영상 촬영을 했단다. 그 과정에서 걸려 이곳 파출소까지 달려와 증거를 제출하고, 따라온 그 범인을 현장 체포했다는 얘기였다.

"강지영."

"네……."

"왜 그랬어."

"……."

"강지영! 아빠가 왜 그랬는지 물었어!"

"……."

강상만의 말에 지영은 조용히 함구했다. 지영이 침묵하자 두 사람의 눈빛이 더 엄해졌다. 하지만 지영은 대답할 수가 없었다. 편히 해결할 수 있었지만, 그냥 이정숙만 쫓아낼 수도 있었지만 그녀의 사회적 말살을 위해 그랬다는 대답을 어떻게 할 수 있겠나. 그것도 꼴랑 네 살짜리인 자신이 말이다. 그렇게 대답했다간 진짜 어마어마한 후폭풍이 있을 것 같아 도저히 답할 수가 없었다.

"죄송합니다……."

그래서 지영은 그냥 고개를 푹 숙인 채 죄송하단 말만 흘렸다. 물론 이건 가식이 아닌 진심이었다. 지영은 두 사람을 정말 부모라 인정하고 있었기 때문이다.

"너… 이놈의 자식!"

"당신, 잠깐만요. 제가 말할게요. 지영이는 똑똑하니까 오늘 일이 얼마나 위험했는지 알지?"

"네……."

네네네, 화난 아버지의 눈치를 보는 지영이 지금 할 수 있는 대답은 이게 전부였다. 임미정은 입술을 깨문 채 지영을 바라봤다. 그 눈빛에 담긴 따뜻함, 걱정 등 때문에 시선을 돌리고 싶어도 돌릴 수가 없었다.

"지영아."

"네."

"엄마랑 아빠한테 약속 하나만 해줄래?"

"네, 뭐든 할게요."

이럴 땐 뭐든 전부 다 들어줘야 되는 법이고, 지영은 이미 오래전에 그걸 깨우쳤다. 그런 지영의 생각을 모르는 임미정이 말을 이었다.

"앞으로 이런 위험한 일을 목격하면 아빠랑 엄마한테 먼저 말해줘. 특히 아빠는 나쁜 사람들 혼내주는 사람이잖니."

"이젠… 꼭 그렇게 할게요."

"약속이다?"

"네."

지영이 고개를 끄덕이고 나자, 임미정이 다가와 지영을 안았다. 따뜻함이 온몸 가득 퍼졌다. 지영은 서운하기보다는, 아프기보다는, 안도감이 들어 눈을 감고 속으로 깊은 안도의 한숨을 흘렸다.

'다행이다……'

시대의 명령을 따르지 않아 날아온 경고도 경미한 상처만 남겼다. 하지만 지영은 이제, 정말 명령을 착실하게 이행하기로 마음먹었다. 지영은 손을 내려 임미정을 안았다. 답답함에 고개를 살짝 트니 마침 현장 체포된 채 수갑을 차고 이송되는 이정숙에 관한 뉴스가 흘러나왔다.

지영은 그걸 보며 슬그머니 웃었다.

이러면 안 되는데…….

'이거 꽤 통쾌한데?'

좀 전의 다짐을 흔드는 시원한 감각이 가슴을 천천히 적시기 시작했다. 낭중지추(囊中之錐). 너무나 예리한 송곳, 환생자 강지영이 두각을 내보인 첫 사건은 이렇게 훈훈, 시원함 속에 마무리되었고, 세월은 유수처럼 흘러갔다.

chapter3
천재 아역 배우

그날 이후 지영의 나날은 평화롭기 그지없었다. 이정숙이 체포되던 당시 파출소 상황을 누군가 유출하는 바람에 때 아닌 주목을 받긴 했지만 으레 그렇듯 그 관심은 한 달을 넘기지 못했다. 그 시간 동안 지영은 정말 죽은 것처럼 지냈다. 황당하다는 듯이 바라보던 원장, 원감 선생님과 담임 김성희 선생님의 감시의 눈길 속에서 지영은 그저 조금은 특이한 아이로 남기 위해 안간힘을 썼고, 다행히 이렇다 할 사고 없이 유치원을 졸업했다.

　'그리고 난 지금 초등학교에 입학 중이지, 망할⋯⋯.'

　준공된 지 얼마 안 된 깨끗한 체육관 안에서 이루어지고 있는 입학식. 그래, 오늘은 지영이 8살, 3월 2일이었다. 지영은 4년짜리 산 하나를 넘었더니, 6년짜리 산이 다시금 기다리고 있는 작금의 현실에 매우 좌절 중이었다.

학업은 이미 중등 과정까지 끝냈다. 하지만 역시나 두 분은 지영이 초등학교에 가길 권했다.

'아니, 말이 권하는 거지, 에휴.'

안 가면 안 되냐는 말을 꺼냈을 때 두 분의 표정은 정말… 어휴, 두 번 다시 보고 싶지 않은 지영이었다.

"…학생 여러분들의 입학을 진심으로 환영합니다!"

머리가 반쯤 벗겨진 교장 선생님의 연설이 끝났다. 이어서 교직원 소개가 이어졌고, 그게 끝나고 나서야 반으로 이동을 시작했다. 새로운 교육 환경. 지영에겐 새로운 감옥 환경을 구경하는 주변의 꼬맹이들.

'어떻게 버텨, 또……'

지영의 기준엔 4살이나 8살이나 솔직히 큰 차이가 없었다. 그저 키가 조금 더 커진 꼬맹이들일 뿐이었다.

"가자! 가자, 가자!"

손을 낚아채며 귓가로 들려오는 목소리.

지영은 하아, 속으로 짧은 한숨과 함께 고개를 절레절레 저었다. 그래… 민아였다. 자신을 그렇게도 따르던—괴롭히던—민아도 지영과 같은 초등학교에 입학을 하게 됐다. 어제 초등학교 입학 전 파티를 한다면서 민아와 민아의 부모님이 지영의 집을 찾아와 잘 부탁한다는 말을 하고 갔다. 물론 어제가 첫 대면은 아니었다. 민아가 워낙에 지영에 대한 얘기를 자신의 부모님께 많이 한지라 두 분은 이제 지영을 민아의 오빠처럼 생각한다. 그게 당연히 4살 때였고, 부모님들끼리도 자주 어울리기 시작했다.

여름휴가 때 같이 계곡에 가거나, 겨울휴가 때 같이 스키장에 가거나, 특별한 날일 때는 해외여행도 같이 갈 정도로 두 가족은 친해졌다.

저 멀리서 임미정과 민아의 어머니인 정미정이 같이 손을 흔들었다. 아, 두 분의 이름이 똑같아서 훨씬 빨리 가까워진 것도 있었다.

본관 1층, 반까지는 금방이었다.

"나나! 선생님! 미나는 지영이 옆에 앉고 싶어여!"

이제는 제법 발음도 잘하는 민아다. 그런 민아의 말에 긴장한 게 역력해 보이는 담임 선생님이 어색하게 웃으며 다가왔다.

"여, 여기 앉을 거니?"

"웅! 아, 네!"

"그래, 그럼 민아는 거기 앉으렴."

담임 송정아.

아무리 봐도 신임이 분명해 보이는 선생님이었다. 전체적인 인상은 약간 서글서글하면서도, 어리버리해 보이기도 했다. 교단에 선 송정아 선생은 산만한 아이들을 진정시키기 시작했다.

하지만 듣겠나?

이미 초등학교에 들어와 한껏 들뜬 꼬맹이들이? 억지웃음을 지으며 한참을 노력해도 아이들의 소란은 가라앉을 기미를 보이지 않았다. 에휴, 그건 지영에게도 고막 테러였다.

'아무리 명령이 종료됐어도… 나서긴 귀찮아.'

아, 지난 4년간 가장 큰 사건 하나가 있긴 했다. 바로 시대의 명령이 종료된 것이다. 명령은 정말 신비한 감각과 함께 찾아왔다. 그리고 명령의 종료도 처음 겪었지만 비슷하게 찾아왔다. 뇌가 활짝 열리면서 명령 종료. 이런 각인이 머릿속에 새겨졌다. 처음에는 정말 당황했었다. 지금 자신이 제대로 느낀 게 맞나? 의심했을 정도였다. 하지만 의심의 여지는 없었다. 말로 어떻게 설명은 못 하겠지만 분명 명령의 종료를 뜻하는 특별한 감각이 뇌리에 새겨졌다. 처음에는 기뻤다. 이 지긋지긋한 굴레에서 벗어날 수 있다는 생각에. 그러나 그 생각은 얼마 지나지도 않아 보기 좋게 빗나갔다.

지영은 명령의 종료가 영원한 환생을 돌고 도는 저주의 굴레에서 벗어나는 길이라고 생각했으니까. 하지만 그러지 않았다.

처음에는 이것 때문에 진짜 패닉이었다. 분명 명령 종료의 각인은 새겨졌는데, 저주는 끝나지 않았으니까. 그러나 지금은? 둘 중 하나라 생각했다. 특별한 명령이 아닌 이상 클리어해도 저주는 해체할 수 없다는 것, 그게 아니라면… 그냥 자신은 끝없는 환생을 겪어야 한다는 것.

둘 다 싫었지만 지영이 할 수 있는 건 없었다. 999번의 환생을 겪으며, 지영은 이 저주에 대해 깊게 생각하는 걸 거의 포기한 상태이기도 했다. 일종의 체념이랄까? 지영의 현재 심리 상태가 딱 그랬다.

"애들아! 선생님이 조용히 하라잖아!"

빽!

가장 앞 열에 앉아 있던 아이가 벌떡 일어나 뒤를 돌아보더니 외쳤다. 그 소리가 어찌나 뾰족한지 지영도 생각하던 걸 멈췄다.

"으으… 귀 아파."

민아는 불시의 고막 테러에 놀랐는지 인상을 잔뜩 쓴 채 징징거렸고, 다른 아이들은 순간적으로 합죽이가 되어버렸다. 지영은 뭐, 귀가 좀 아프지만 그냥 참을 만했다.

'어느 생이나 있었지. 저렇게 나서기 좋아하는 성격을 가진 애가.'

게다가 인정받기 좋아하는 초등 1년생임을 감안하면 저 여학생의 행동이 크게 이상한 것도 아니었다.

"오, 오호호. 고마워요, 예림 학생."

이름이 예림인가 보다.

그나저나 선생이 제자의 기백에 놀란 요상한 상황이다. 교실 뒤쪽에 서 있던 학부모들도 호호, 하면서 작게 웃었다. 이 정도야 뭐, 이해 범주 안에 들어갈 일이었다. 이어서 몇 가지 이야기 뒤, 학교가 끝났다.

"가자, 가자!"

민아가 신나서 지영의 손을 잡고 벌떡 일어났다.

"가방, 가방. 민아야, 가방 챙겨야지."

"맞다! 우잉!"

오늘을 위해 새로 산 가방을 놓고 갈 뻔했다는 사실에 민아는 울상을 지었고, 지영은 작게 한숨지었다. 아이처럼, 아이처럼. 시대의 명령은 분명 종료됐지만 그간 했던 노력은 여전히 지영의 성격과 행동에 녹아 있었다.

민아에게 가방을 매어주고, 손을 잡고 기다리는 두 분의 앞으로 가는 지영. 민아는 엄마를 발견하고 도도도 달려가 펄쩍 뛰어서 안겼다. 그런 민아를 힐끔 본 임미정이 쓴웃음을 지으며 지영을 향해 말했다.

"지영이도 저렇게 안겨줬으면 좋을 텐데."

"무거워서 넘어지세요."

"호호, 엄마가 그래도 널 업고 키웠거든? 아직 너 정도는 거뜬해!"

"하하, 괜찮아요. 제가 애도… 크흠, 저 배고파요."

애도 아니고. 이렇게 대답할 뻔했지만 지영은 조용히 말을 돌렸다. 앞서 말했던 명령의 여파 때문이었다.

"뭐 먹고 싶니?"

임미정이 묻자,

"짜장면! 짜장면 먹어여!"

대답은 여전히 엄마에게 안겨 있던 민아가 했다.

"민아, 짜장면 먹을래?"

"네! 네네!"

"그래, 그럼 짜장면 먹으러 가자. 민아 엄마, 괜찮죠?"

그 질문에 그저 웃기만 하는 민아 어머니.

임미정과는 다르게 민아의 어머니 정미정은 굉장히 조용한 성격이셨다. 호랑이가 옆에서 어훙! 해도 그냥 웃고 계실 것만 같을 정도로 말수가 적었고, 항상 얼굴에 따뜻한 미소를 짓고 계셨다. 물론 언어장애가 있는 것도 아니었다. 다만 옛날 어떤 일 때문에 말수가 급격히 줄었다고 놀러가서 어른들끼리 술 마시다 나온 얘기를 지영은 기억하고 있었다.

"지영이도 괜찮지?"

"네, 저도 짜장면 먹고 싶었어요."

지영은 음식을 가리지 않았다.

한창 클 나이라 오히려 다른 아이들이 안 먹는 음식도 성장을 위해 일부러 먹는 편이었다. 그래서 지금 지영의 신장은 140㎝ 정도에 체중은 40㎏ 정도였다. 8세 평균 신장이 129인 걸 감안하면 굉장히 큰 편이었다. 아니, 솔직히 초등학교 1년생이라고는 절대 믿기지 않을 신장이었다. 거기에 더해 운동도 꾸준히 해서 이건 뭐, 5, 6학년이라고 해도 믿을 정도였다.

그리고 그건 민아도 만만치 않았다. 어릴 때는 여자아이들의 성장이 빠르다지만, 민아는 좀 과했다. 142㎝에 체중 35㎏에서 플러스마이너스 2 정도다. 이 정도면 둘 다 자이언트 베이비라 불러도 과하지 않았다. 지나치게 성장이 빨라 병원까지 다닌다는 얘기도 들었다. 그러나 민아는 본인은 자신이 빠르게 크는 것에 대해 별로 개의치 않는 듯했다. 이후 지영은 학교 근처 중국집에서 짜장면을 맛있게 먹은 후 민아의 스케줄을 따라갔다.

＊　　　　＊　　　　＊

지난 4년간 가장 크게 변한 게 뭐냐고 묻는다면, 지영은 민아의 연예계 진출이라고 대답할 것이다. 발단은 지영에게 있었다. 때는 7살, 안 그래도 명령 종료 때문에 심란해 죽겠는데 끈질기게 달라붙는 민아를 좀 떼어놓으려고 키즈 모델에 나가보라 슬쩍 던진 게 화근이 됐다. 민아는 지영이 권하니 '응! 나갈래!' 하고 대답했다. 이후 부모님을 졸라 키즈 모델 선발 대회에 나갔고, 너무나 쉽게 1등을 했다.

이후 세계가 인정한 피겨 퀸 김유나와 우유 CF를 찍었고, 아동복 CF도 몇 개 더 찍었다. 그리고 이 CF들은 소위 말하는 대박이 터졌다. 특히 피겨 퀸 김유나와 찍은 CF는 초대박이 터졌다. 매출이 수직 상승 정도가 아니라, 지붕을 뚫고 그냥 나가버렸다. 매출이 전달 대비 50억 이상이 올랐다. 년 매출이 아니라 월 매출이 말이다. 이후 블루칩, 소위 말하는 CF계의 블루칩이 되어버렸다.

그 뒤로 드라마 2개가 연달아 잘됐다. 어엿한 소속사가 생겼고, 일주일에 두 번 이상은 스케줄 때문에 유치원이 끝난 후 따로 움직였다.

'에휴……'

그때마다 지영도 같이 움직였다.

민아가 지영이 안 가면 죽어도 안 간다고 떼를 쓰는 것도 아니고, 악을 썼기 때문이다. 처음에는 지영도 거절했지만 민아가 정말 숨이 넘어갈 것처럼 자지러지자 어쩔 수 없이 같이 움직였다. 그리고 민아가 저 길로 나서게 된 게 자신의 말 때문이라는 점도 한몫했다. 그리고 사실 지영은 이제 민아를 동생처럼 생각하는 마음도 있었다. 본인은 열심히 부정 중이지만 말이다.

'뭐, 어쨌든 그게 실수였어……. 으, 추워.'

아직 3월이다.

봄이 왔다지만 여전히 야외는 추웠다.

지영은 입학식이 끝나고, 짜장면을 맛있게 먹은 후 민아가 오늘 찍는 퓨전 사극 영화의 세트장에 와 있었다.

항상 세트로 움직였기에 지영이 민아의 대기 텐트에 들어와 있어도 누구도 뭐라 하지 않았다. 오히려 꼬마 매니저라고 부를 정도였다.

"히잉, 히이잉……."

민아는 온몸을 칭칭 감고 징징거리면서 대본을 들여다보고 있었다. 신기하게도 민아는 연기에 재능이 있었다. 지영이 보기에도 민아의 연기는 또래 아역 배우들과는 레벨이 달랐다. 어색함이 거의 없고, 발음이 똑 부러질뿐더러, 단어 전달력? 대사 전달력? 그게 탁월했다. 특히 사슴 같은 눈망울에 그렁그렁 맺히는 눈물은 보는 이의 심금을 울린다고 했다.

'난 아니지만… 으 씨, 나도 모포 좀 더 주지! 왜 하필 오늘 같은 날 야외 세트장인 건데!'

난로를 틀어놨지만 역시나 추웠다. 흙바닥에서 한기가 올라

오니 뭐, 당연한 일이었다. 지영이 투덜거리면서 시간을 죽치기를 한참, 텐트 안으로 매니저가 들어왔다.

"민아야! 이제 준비하고 나가자!"

"네!"

벌떡 일어나는 민아를 따라 지영도 일어났다.

꼬마 매니저.

지영이 안 가면 민아도 안 가니… 추워도 지영에겐 선택지가 없었다.

*　　　　*　　　　*

퓨전 사극 '제국인가, 사랑인가'에서 민아가 맡은 역할은 여주인공인 극 중 이름 '모낭여(謨浪女)'의 아역이었다. 신이 많지는 않지만 모낭여의 회상 부분 중 가장 많은 지분을 차지하고 있었다.

오늘의 첫 신은 아비인 모중산(謨中算)이 억울함을 토로하는 장면이었다. 그리고 어린 모낭여는 고문당하는 모중산을 '아버지!' 하고 절절하게 부르는 장면이다. 이때 모낭여의 극 중 나이는 열두 살이다. 민아는 고작 여덟 살이지만 연기력과 폭풍 성장으로 모든 걸 커버했다.

배우들이 모이기 시작했다.

'흐음……'

지영은 그걸 조금 멀리 떨어진 곳에서 흥미 없는 눈빛으로 바라봤다. 솔직히 지영에게 영화, 드라마는 잘 짠 사기극 정도의 감상밖에 주질 못했다. 누가 이런 지영의 생각을 들었다면 정말 어이가 없어 웃었겠지만 실제로 지영의 마음이 그랬다. 어디 지영이 평범한 인간인가? 무려 환생자다. 게다가 무려 999번의 환생을 경험하고, 이제 천 번째 삶을 사는 지영에게 영화나 드라마는 처음에나 신기했지, 얼마 뒤부터는 아무런 감흥도 선사하지 못했다.

'차라리 다큐가 낫지……. 그건 배울 거라도 있잖아?'

음음, 그러면서 고개를 끄덕이는 지영.

누가 막장에도 배울 게 있다고 했지만 지영보다 더 막장인 삶을 산 사람은 없다. 정말 거의 모든 경험을 한 사람이 바로 이제 겨우 여덟 살짜리 꼬맹이 강지영인 것이다.

"으으, 긴잔대……."

옆에서 들려오는 민아의 목소리. 주의하지 않아 발음이 또 잔뜩 새는 걸 보니 말 그대로 정말 긴장하긴 했나 보다. 요즘 사극 대사 톤 때문에 최대한 발음에 주의하는 민아였지만 긴장은 그런 주의를 슬쩍 흩어났다.

이럴 때는 매니저보다 지영이 즉효약이다.

"괜찮아. 아까 보니까 잘하던데."

"진짜?"

"응, 진짜."

"히히, 에헤헤, 나 진짜 잘했어?"

발음이 돌아왔다.

역시 강지영…….

"응, 진짜 잘했어."

"아싸! 나 꼭 잘하고 올게!"

아잣! 양손을 앙증맞게 쥐고 다짐하는 민아의 모습에 주변에서 푸스스… 열기가 올라가는 효과음이 들려오는 것 같았다. 민아는 현장의 꽃이었다. 의식하지 않은 행동이 극강의 귀여움을 내포했기 때문이었다.

"그런데 늦네. 왜 시작 안 해요?"

지영이 옆에 서 있던 매니저에게 물었다. 날도 추운데 이렇게 밖에 계속 서 있는 건 본인은 물론 민아의 건강에도 좋지 않기 때문이었다.

"잠깐만, 가서 알아보고 올게."

매니저 서소정이 바로 자리를 비웠다가, 5분도 지나지 않아 다시 돌아왔다. 돌아온 그녀는 아직 세팅이 안 끝나 좀 더 기다려야 할 것 같단 답을 들려줬다.

'그러면 안에서 쉬게 해주지. 왜 대기하라고 그래? 칫.'

지영이 그런 생각을 하던 와중에 저 멀리서 스태프 하나가 '민아 양! 민아 양 이쪽으로 오세요!' 하고 소리쳤다.

"네! 민아 갔다 올게!"

다시 한번 아잣! 이후 하이파이브라도 해달라는 건지 대본을 쥐지 않은 손을 지영의 앞에 턱 내밀었다.

'그래, 이 정도야…….'

짝!

지영이 손을 맞춰주자 민아는 싱긋 웃은 뒤 도도도 달려갔다. 하지만 140이 넘는 신장이라 딴에는 도도도 달렸겠지만 성큼성큼이란 단어가 더 어울릴 것 같았다. 스태프에게 간 민아는 뭔가 진지하게 대화를 나눴고, 대사를 맞춰보기 시작했다. 저걸 보면 참 신기하다. 쟤가 진짜 민아가 맞나? 하는 의문이 들 정도로. 촬영장의 공기가 변하기 시작했다. 이제 진짜 시작이었다. 그런 찰나에 서소정 매니저가 지영을 불렀다.

　"지영 군?"

　서소정의 장점 중 하나가 어리다고 막 대하지 않는다는 점이다. 반 존칭? 서소정이 지영을 대하는 방식이었다.

　"네?"

　"혹시나 해서 묻는 건데, 지영 군은 민아 양 안 부러워요?"

　"저게요? 왜요?"

　지영은 자신이 민아를 부러워해야 하는 건지 잠시 고민해 봤다. 귀찮게 대사를 외워야 한다. 그런데 단순히 외우는 게 아니라 감정을 어떻게 담을 건지도 궁리해야 했다. 그리고 그 감정을 대사에 담아 실수 없이 전달해야 했다.

　'이것만 해도 귀찮아……'

　그런데 여기서 끝일까?

　아니었다.

　여기저기 싸돌아다녀야 하는 건 물론 사람들 앞에 서는 자리도 많아 항상 웃어야 했다.

　'억지로 웃으라고? 미쳤어? 생각만 해도 귀찮고 짜증나……'

지영이 당장 생각해 낸 건 이 정도. 이것만 해도 민아를 부러워해야 할 이유가 1도 없었다. 분명 그것 말고도 더 있을 것이다. 다만 지영이 모를 뿐.

그래서 결론은?

"아니요. 하나도요."

"그래요? 신기하네. 보통 지영 군 나이면 저렇게 유명해지는 걸 동경하고 그러는데."

"제가 보통이 아닌가 보죠."

"호호, 그러네. 이제 초등학교 일 학년인 지영 군이랑 이렇게 대화가 잘 이루어지는 걸 보면…… 수긍이 되네."

"……"

서소정의 말에 지영은 잠깐 뜨끔했지만 이내 평온을 되찾았다. 어차피 명령은 끝났다. 그러니 무조건 악착같이 노력해 아이처럼 보일 필요가 없었다.

"아, 시작하나 보다."

서소정의 말에 지영도 시선을 앞으로 던졌다.

오늘의 신.

배경은 궁궐.

간신 귀례(鬼隸)의 모함에 역적으로 몰린 충신 모중산(謨中算)이 피 칠갑을 한 채, 계단 위를 노려본다.

계단 위, 제국의 어린 황제 순(洵)이 엄한 눈으로 모중산을 내려다본다.

모중산이 봉두난발, 귀기 어린 시선으로 순을 노려본다.

순이 그런 모중산의 주리를 틀라 명한다.

사타구니 관절을 찢고, 틀어버리는 고통에 모중산은 인상을 일그러뜨린 채 비명을 내지른다.

같이 잡혀온 어린 모낭여가 '아버지!' 하며 찢어지는 절규를 흘린다.

그런 모낭여의 절규에 순이 아무도 모르게 입술을 잘끈 깨문 채 모낭여를 바라본다.

대충 이 정도가 오늘 찍을 첫 번째 신의 내용이다.

촬영 준비가 끝나고, 배우가 제자리에 서자 부산하던 촬영장의 분위기가 일순간 가라앉았다. 감독의 큐 사인이 떨어지자, 배우들의 연기가 시작됐다.

*   *   *

"어째서… 어째서! 간신의 말을 믿고 신을 이리 대하십니까……!"

모중산의 통한에 찬 절규에 싸늘한 제국의 어린 황제 순의 시선이 모중산에게 향했다. 비릿한 건지, 아릿한 건지 모를 미소를 걸고.

"모중산."

툭하고 던진 한마디.

그 안에 담긴 감정은 이상하게도 파악하기 어려웠다.

"신, 모중산……! 여태껏 제국을 위해 이 한 몸! 분골쇄신하였습니다! 그 대가가 정녕… 이렇단 말입니까……!"

"시끄럽구나. 주리를 틀라 하거라."

순은 모중산의 외침에 그에게 들리지 않을 목소리로 말했다. 간신 귀례(鬼隷)가 음침한 미소와 함께, '역적의 주리를 틀라!' 하고 큰 소리로 소리쳤다.

"끄아윽……! 끄으아……!"

폐에서부터 끄집어 올린 유부의 망령이 흘리는 절절한 비명. 모중산의 비명이 궐을 휩쓸자…….

"아버지……!"

그의 딸, 모낭여의 절규가 흘러나왔다. 모중산의 고통에 찬 비명, 모낭여의 절규. 비명과 절규가 만나 한(恨)을 맺기 시작했다. 그리고 그 소리를 들으며, 어린 황제 순은 입술을 질끈 깨물고 모낭여를 바라봤다. 그런 순을 바라보며 음침한 미소를 짓는 귀례.

어린 황제 순이, 간신 귀례에 속아 충신 모중산을 내치다.

＊　　　＊　　　＊

"컷! 좋습니다!"

감독의 오케이 사인이 떨어지자 환상은 깨졌다. 쩽강! 유리가 깨지듯이 환상은 파편이 되어 지영의 뇌리에서 사라졌다.

'빌어먹을······.'

안 좋은 기억이 떠올라 버렸다. 저도 모르게 감정 이입을 해 버려서, 아니, 모중산의 절규가 그의 환생 중 하나와 비슷해서, 그때가 너무 떠올라서, 지영은 열어버렸다. 그 기억의 주인공들 이름은 모낭여도, 순도, 모중산도, 귀례도 아니다. 이 이름들은 작가가 가공의 캐릭터에 붙인 이름들이니까. 하지만 장면은 비슷했다.

궁궐 대신, 저택의 마당.

황제 대신, 마을의 지주.

모중산 대신, 사랑하는 여인.

모낭여 대신, 자신.

귀례 대신, 지주의 아들.

정확하게, 오대십국(五代十國) 시대였다. 대혼란의 시기였고, 정통왕조 양(梁: 後梁)에서의 삶이었다. 모중산 역을 맡은 배우의 처절한 비명이 당시 사랑하던 여인을 떠오르게 했고, 모낭여 역을 맡은 민아의 절규가 당시 자신이 지른 절규를 떠오르게 했다.

'매순(梅順)······.'

기억 서랍이 열리면서 그녀의 이름이 떠올랐다. 울부짖던 그녀는 혼절했다. 그리고 창고에 갇혔고, 지주의 수하 열댓이 돌아가며 지켰다. 결과는 어떻게 됐을 것 같은가? 매순은 고문의 후유증을 이겨내지 못하고 쥐와 벌레가 들끓는 창고에서 병사했다. 그럼 그 당시 지영은? 그 당시 지영에게 내려온 시대의 명령은?

포기하지 말고 삶을 살아라.

이런 명령이었다.

달리 해석하면 목숨을 헛되이 버리지 말라는 뜻으로 볼 수 있었다. 그래서 당시 절대 권력을 쥐고 있던 지주와 그의 아들에게 복수를 꿈꿨지만 명령에 의해 포기해야 했고, 매순에 대한 그리움이 가슴에 사무쳤지만 삶을 포기하고 그녀를 따라나설 수도 없었다. 지영의 삶 중 힘들지 않았던 게 어디 있었겠냐만 이때의 삶은 유독 힘들었다. 서랍 속의 기억이 그렇게 말해 주고 있었다.

"잉! 이잉! 나 왜 안 봐! 이이잉!"

민아의 징징거리는 소리에 지영은 상념에서 깼다. 어느새 다가온 건지, 민아가 앞에서 투정을 부리고 있었다. 서소정 매니저가 얼른 민아의 어깨에 담요를 덮어줬다.

"잘했어. 연기 엄청 잘하던데?"

"진짜? 나 잘했어? 이히히! 칭찬받았다! 와아! 히히히!"

현실로 돌아온 지영의 칭찬에 민아는 활짝 웃었다. 그리고 방방 뛰면서 기뻐했다. 지영은 그런 민아를 가만히 바라봤다.

매순의 모습이 민아에게 겹쳐졌다.

그 순간 지영은 머리를 흔들었다.

'아니야……'

민아는 매순이 아니다.

기억 서랍을 열어버린 영향인지, 가슴이 저렸다. 매순에 대한 그리움이 순식간에 몰려와 가슴을 가득 매웠다.

왜 이제야 찾았냐고, 투정부리는 것 같았다.

지영이 기억 서랍을 잘 열려 하지 않는 이유 중 하나가 바로 이거였다. 빙의는 아니지만 너무나 생생한 기억이 현실의 지영에게 영향을 끼쳤다. 사람이 완전히 변하는 건 아니었으나, 그에 준하게 감정이 뒤틀렸다.

'매순, 오늘은 아니야. 조만간… 당신을 추억하도록 할게. 미안하지만 그때까지 좀 기다려 주라.'

매순에 대한 그리움을 억지로 가슴에서 내보내려 할 때, 촬영장이 갑자기 소란스러워지기 시작했다. 웅성웅성, '구급차! 구급차 불러!' 한 사내의 다급한 외침도 들렸다. 지영의 시선이 저도 모르게 돌아가는 순간…….

지이잉…….

뇌가 열렸다.

너무나 갑작스럽게.

'이 감각이… 왜……?'

설마, 한 번이 아니었단 말인가?

뇌리가 열리는 감각에 지영의 전신이 사시나무 떨리듯 잔 진동을 일으켰지만 소란 때문에 그런 지영을 보는 사람은 아무도 없었다. 그러는 사이, 열린 뇌 사이로 한 줄기 명령이 뚝 떨어져 내렸다.

지지지직.

인두기로 납땜하듯 뇌리에 명령이 각인되는 과정이 흘러갔고, 이윽고 명령의 실체가 드러났다.

아이답지 않게, 살아라.

첫 번째 명령과는 완전히 상반되는 명령.

모두가 소란에 집중하고 있는 사이, 지영은 두 번째 시대의 명령을 받았다.

짜증이 났다.

'아… 장난 치냐?'

그만큼 당황스럽기도 했다.

왜 또? 설마 두 번째 명령이 찾아올 줄은 꿈에도 생각 못 했다. 아니, 이건 거짓말이다. 지영의 의식도, 무의식도 강력하게 부정했지만 이놈은 마음 한구석에 조용히 웅크리고 있었다.

명령이 한 번으로 끝날 것 같진 않은데?

의식과 무의식 전부 부정했던 생각이다. 그러나 정말 아주 조금 의심하는 마음도 분명히 있었다. 그리고 그 의심하는 마음 또한 지영은 무시했다. 아주 강력하게. 그래서 평소에는 거의 생각하지 않았다.

어떻게 흘러갈지 모르는 삶이다.

999번의 환생 속에서 해답을 얻지 못했다.

'도대체… 나에게 뭘 바라는 겁니까?'

지영은 무수히 물었던 질문을 또다시 물었다. 하지만 답해 주는 이는 역시나 없었다.

"히잉, 어떡해? 지영아, 나현 오빠 쓰러져써!"

이번에도 민아가 지영의 의식을 현실로 끄집어냈다. 놀란 눈으로 방방 뛰는 민아의 시선을 따라가 보니, 푸른 용포를 입은 소년이 쓰러져 있는 게 보였다. 민아에게 듣기로 황제 순의 동생 역할로 나오는 아역 배우라고 했다.

그 순간 번뜩이는 생각.

'아이답지 않게……'

어떤 게 아이답지 못한 행동일까?

지영은 이런 난제를 수도 없이 겪어, 대충 어떤 건지 바로 감을 잡았다.

"가보자."

"웅? 우웅!"

민아가 잠깐 지영의 말에 놀랐다가 얼른 따라나섰다. 민아의 매니저 서소정이 '어디들 가니!' 하면서 뒤따라왔지만 지영은 깔끔히 무시했다. 걸어가는 사이, 소란이 한층 배가됐다. 배우가 쓰러졌으니 그럴 만도 했다.

숙의 매니저? 아니면 부모님? 40대 중반의 여인이 배우를 안고 사시나무 떨 듯 안절부절못하고 있었다. 그리고 나현이란 배우는 컥컥거리면서 부들부들 떨고 있었다.

지영은 스윽, 그 사이로 파고들어 갔다.

"잠시만요."

작은 체구가 아닌지라 지영의 행동에 많은 사람이 깜짝 놀랐다.

"야! 너 누구야? 이리 안 나와!"

"어? 꼬마 매니저?"

소리치는 사람도 있었고, 알아보는 사람도 있었다. 지영은 다 무시한 채, 목에 손을 대고 덜덜 떠는 나현이란 배우를 살폈다.

'내가 의사는 아니지. 약사도 아니고, 한의사도 아니야. 하지만… 내겐 삶이 있지. 무수히, 지겹도록 많은 삶이.'

지영은 정말 많은 삶을 살았고, 그 삶 속에서 배운 민간 지식이 있었다. 창백하게 탈색된 얼굴, 누가 강제로 피를 쭉 뽑아버린 것 같은 채색을 하지 않은 밀랍 인형 같은 얼굴색이었다.

'맥은… 느리군.'

호흡이 약하다?

갑자기 나타난 지영에게 모두의 시선이 팍 쏠렸다. 그런데 용하게도 서소정이 그런 지영의 뒤를 턱 막고 섰다. 대체 뭘 믿고? 잘못하면 대형 사고가 터지는데? 아마 서소정에게 그리 묻는다면 그녀는 이렇게 대답할 것이다.

'몰라요, 그때 제가 잠깐 미쳤었나 봐요.'

고개를 절레절레 저으며 말이다.

여튼 지영의 갑작스러운 행동은 소란을 잠재울 만한 파급력이 있었다. 그리고 너무 자연스럽게, 너무 진지하게 환자를 대하듯 나현을 보는지라 평소라면 '이 미친 새끼가!' 하고 끝어냈을 행동들에 제동이 걸렸다.

'눈동자는… 넘어가기 직전이고.'

눈을 뒤집어보니 흰자위가 가득했다.

이어서 코끝에 손을 대는 지영.

'숨이 거의 없어.'

지영은 마지막으로 턱을 눌러 입안을 확인했다. 어두워서 인상이 찡그려지는 찰나, 갑자기 입안이 환히 보였다.

"여기!"

"고마워."

뭐지?

스마트폰 전등을 켠 다음 입안을 비쳐줬다. 이것 참, 골 때리는 상황이다. 하지만 지영은 일단 생각을 정리하고, 입안을 들여다봤다. 기도를 막고 있는 이물질이 있나 없나 확인하는 중이었다.

'빙고네.'

다행히 끄트머리에 하얗게 뭔가 보였다.

기도 폐쇄였다.

하임리히 법이 최고지만 지영은 일단 손을 밀어 넣었다. 체구와는 전혀 다르게 여자처럼 가늘고 예쁜 지영의 손이 나현의 입으로 들어갔고, 이물질의 끝을 중지와 검지로 꾹 눌러 잡았다. 그리고 천천히 조심스럽게 빼는 지영.

"커흐억……."

이물질을 꺼내기 무섭게 나현의 호흡이 돌아왔다.

"컥! 커헉! 허윽……."

기도 폐쇄로 인해 한동안 공급되지 못한 공기를 격렬하게 흡입하는 나현을 보며 지영은 꺼낸 이물질을 바라봤다. 떡이었다.

옛날부터 기도를 막는 데 아주 탁월한 효력을 자랑하는 삼 대장 중 하나였다.

"혹시 모르니까 병원에 가서 검사받아요."

"웅? 아, 아니. 네, 고마워요!"

나현을 안고 있던 여성은 지영에게 연신 고개를 숙여 인사하고는 나현을 부축해서 일어나려 했다. 하지만 힘이 부족한지 자꾸 비틀거리자 바로 스태프들이 달라붙었다. 그사이, 지영은 스르륵 유령처럼 빠져나왔다.

'이 정도면 충분히 아이답지 않은 거지.'

기도 폐쇄를 발견하고, 그 이물질을 빼냈다. 얼마 전에 의학 다큐에서 배운 하임리히 법까지 썼다면 더 아이답지 않았겠지만 어차피 시대의 명령은 과정보단 과정을 거쳐 나오는 결과를 중시한다.

'손가락으로 빼나, 하임리히 법으로 빼나 어차피 똑같단 소리지.'

그러니 명령에 아주 충실한 셈이 된다.

"와! 우와, 지영이 대단네!"

용케도 자리에서 빠진 걸 본 민아가 쫄래쫄래 쫓아오며 연신 지영을 칭찬했다. 머쓱? 에이, 설마……. 이런 거야 지영에게는 너무나 당연했던 일이었으니까. 지영은 바로 민아의 대기실 텐트로 들어갔다. 저런 소란이 벌어졌으니 한동안 시끄러울 것이고, 촬영은 지연될 테니 그나마 따뜻한 대기실에서 몸이나 녹일 작정이었다.

"후아……."

난로 앞에 앉으니 따뜻한 온기가 '왜 이제 왔어?' 하며 지영을 반겼다. 그리고 그 옆에 냉큼 앉는 민아.

"따뜨테! 히히!"

이제 초등학교 1학년. 민아는 정말 네 살 때와 비교해 변한 게 하나도 없었다. 체격과 얼굴만 변하고 있고, 성격은 너무 변한 게 없어 오히려 걱정될 정도였다.

"지영 군?"

서소정이 둘 앞에 앉으며 조용히 불렀다.

"네?"

"그런 건… 어디서 배웠어요?"

"학교랑 책, 그리고 티비에서요."

"……."

지영도 안다. 이게 말도 안 되는 소리라는 걸. 하지만 어쩌겠나? 진실을 말해줄 수는 없는데. 그리고 말한다 해도 믿을 서소정도 아니었고.

"그거 정말 말도 안 된다고 생각하죠?"

"네, 그렇긴 하네요. 그런데 어쩌겠어요? 그게 사실인데. 팩트! 라고 하던가요?"

"하⋯⋯."

초등학교 1학년짜리가 팩트를 논한다. 기가 막힐 일 아닌가. 저렇게 능청스럽게 대답을 해버리니 서소정은 말문이 턱 막혀 나중엔 하하, 하고 웃을 수밖에 없었다.

"우리 지영인 다 잘해여!"

"그래?"

"네! 못하는 게 없어여!"

민아가 편을 들 듯 지영을 두둔하자 서소정은 그냥 웃고 말았다. 그리곤 에휴, 짧은 한숨과 함께 자리에서 일어났다. 어쨌든 나현이란 배우는 호흡이 돌아왔다. 밖에서 사이렌 소리가 들리는 걸 보니 근처에 있던 소방서에서 칼처럼 날아왔나 보다. 이제 저 차에 실려 병원으로 향하면 상황은 끝⋯ 이 날 것 같지만 그게 또 아니다.

"두 사람 여기서 몸 좀 녹이고 있어요. 저는 상황 좀 보고 올게요."

"네."

"넹!"

두 개의 대답.

그러나 전혀 다른 대답에 서소정은 이번에는 그냥 고개만 절레절레 저었다. 서소정이 밖으로 나가자 지영은 멍하니 난로의 불빛을 응시했다. 나현이란 배우 때문에 거의 현실로 돌아왔지만 그렇다고 완전히 정상으로 돌아온 건 아니었다.

'매순, 당신과 함께했던 시간이 강렬하긴 했나 봐. 당신을 잠시 추억했다고 아직 이리 가슴이 저릿저릿한 걸 보니.'

지영이 속으로 이런 독백을 흘릴 만큼 기억 서랍을 꺼낸 여파는 적지 않았다. 자연히 지영의 분위기가 변했다. 그런 지영을 힐끔 본 민아가 후잉, 하고 이상한 신음을 꺼내놓고 나서야 지영은 후우, 짧은 한숨과 함께 매순을 가슴과 머릿속에서 다시 떠나보냈다.

'이래서 저주지. 완전한 망각을 받지 못했으니.'

지영이 환생을 저주라 칭하는 이유가 여기에 있었다. 지영은 노트를 꺼내 글을 적어 나갔다.

내게 뭘 원하시오?

내가 무엇을 해줬으면 좋겠소?

한참 글귀를 노려보던 지영은 노트를 다시 덮고, 가방에 넣었다. 다시 대본에 열중하며 프로의 모습을 보여주는 민아 덕분에 이번엔 따뜻한 온기를 마음껏 쬐기 시작하나 했더니, 밖으로 나갔던 서소정이 사람 몇을 데리고 안으로 들어왔다.

"칫."

이에 짧게 혀를 차는 지영이다.

"저 꼬만가?"

"네, 민아 양 친구 강지영 군이에요."

"오… 그렇군."

지영은 이미 일어나 돌아서 있었다. 들어온 사람은 이번 영화의 '제국인가, 사랑인가'의 메가폰을 잡은 박종찬 감독이었다. 그는 입봉작부터 지금까지 딱 두 작품만 빼고 전부 사극 영화를 찍었다. 정통 사극을 찍을 때도 있었고, 아니면 지금 이 영화처럼 가상의 세계관을 그린 퓨전 사극을 찍을 때도 있었다.

'…라고 들었지.'

서소정 매니저가 제대로 듣지도 않던 민아에게 하던 얘기를 말이다.

"강지영입니다."

"반갑네. 아깐 고마웠어. 그런 건 어디서 배운 건가? 요즘 학교에서는 그런 것도 가르쳐 주나? 근데 나이가… 민아 양 친구가 맞나? 엄청 큰데? 사 학년인 우리 아들보다도 큰데? 식단은 어떻게 짜나?"

"……"

뭐, 이런… 지 할 말만 하는 예의 없는 작자를 봤나. 지영이 좀 어이없는 눈빛으로 바라보자 그 옆에 있던 부스스 한 몰골의 여성이 그의 옆구리를 팔꿈치로 푹! 찔렀다.

"컵……!"

"물 드릴까요?"

"아, 아닐세… 크흠."

큼큼, 박종찬 감독이 옆구리를 슬슬 문지르자 여인이 나섰다. 이 여자에 대한 이야기도 들은 적이 있었다. 박종찬 감독과 대학 동기이자, 부부 사이. 똑같은 사극 매니아이면서, 박종찬 감독이 찍는 모든 영화의 극본을 맡고, 연출하는 신은정 작가.

'…라고… 들었지.'

물론 민아에게 서소정이 하던 얘기를 말이다. 그런 두 사람을 빤히 바라보는 지영. 다행히 신은정 작가의 눈빛에는 호의가 깃들어 있었다.

"괜찮아. 아까 지영 군이 한 일은 내가 입단속시켜 놨으니까. 좀 새어나가긴 하겠지만 크게 문제될 건 없을 거야."

"법적으로도 없을 거예요."

"어머? 호호, 그래. 무슨 살을 찢고 치료를 한 것도 아니니 불법 의료 행위로 잡혀 갈 일은 없겠지."

"네, 그 정도는 알아요."

"호호호."

신은정 작가가 지영의 대답에 재미있다는 듯이 웃었다. 아니, 실제로 그녀는 재밌었다. 민아와 친구니 초등학교 1년생이 분명한 지영과의 대화가 말이다. 잠시 웃던 신은정 작가가 여전히 미소를 입가에 그린 채, 지영을 보며 다시 말문을 열었다.

"근데 아주 문제가 없는 건 아니야."

"네?"

"좀 전에 연락이 왔는데, 나현 군 어머니가 이 영화 촬영을 못 하겠다고 하시더라고. 쯔, 이래서 있는 집 자식이란."

"아아, 배우의 부재군요? 아니, 이 경우는 부재가 아니라…

공백인가."

"그래. 배우가 아예 없어."

신은정은 점점 재미있었다. 곧바로 문제를 전부 깨우치는 지영이 재미가 없으면 이 세상 그 어떤 것도 아마 재미없을 거라는 생각까지 하는 그녀였다. 지영은 그런 그녀를 빤히 보다가, 한마디를 툭 던졌다.

"제가 아까 그 형 역할을 하면 되는 건가요?"

"어머……."

"민아 대본 읽었는데, 오늘 대사는 겨우 두 줄뿐이던데요?"

아이답지 않게. 지영은 시대의 명령을 충실히 이행하기 시작했다. 봐라, 지금 지영의 말이 과연 초등 1년생이 할 말인지. 자신이 직접 대역에 나서겠다 하면서도 이리 당당하다.

"허 참, 요놈 물건인데?"

지켜보던 박종찬 감독의 한마디.

"그러게요. 아까 보고 보통이 아니다 싶긴 했는데… 잠깐 얘기를 나눠보니 이건 생각 이상인데요? 너 정말 일 학년 맞니?"

그리고 이어지는 신은정의 질문.

"민증은 아직 없어서 못 까요."

"……."

"……."

"대신 등본은 떼올 순 있어요."

설마 이런 대답이 나올 거라고는 예상도 못 했는지 서소정을 포함해 세 사람이 눈만 껌뻑이다가, 푸하하! 폭소를 터뜨렸다.

그러나 이 대답은 지극히 의도적인 대답. 지영은 표정마저 담담했다.

즉, 이 또한 연기였다.

시대의 명령을 받들기 위한 연기.

"하하, 그래, 좋아. 어떠니?"

"뭐가요?"

"어머, 다 알아들었으면서."

신은정이 씩 웃길래, 지영은 흐음, 하고 짧은 고심 끝에 대답했다.

"좋아요. 하죠, 뭐."

여덟 살 꼬맹이의 시원한 대답.

알까나?

여기가 시대의 명령을 받은, 세계사에 길이 남을 대배우의 탄생 지점이라는 것을? 그러나 지금은 그냥 민아가 '우와! 지영이랑 같이 연기한다!' 하고 방방 뛰어다니는 장소일 뿐이었다.

chapter4
화려한 등장

황제 순 역할을 맡은 배우는 이제 중1. 극 중 나이도 그쯤 된다. 동생 숙(肅)의 역할을 맡은 배우는 초등학교 4학년이랬 나? 그러나 두 사람의 덩치는 비슷했다. 순도, 숙도 140 언저리. 마침 여벌로 준비해 두었던 푸른 용포(龍袍)가 지영에게 딱 맞 았다.

　'흠……'

　용포를 입고 거울을 빤히 보는 지영.

　감회가 새로웠다.

　이전의 수많은 환생 속에서 봤었던 용포.

　'딱 한 번 있었지.'

　이 용포를 입었던 삶이.

만인지상(萬人之上)의 위치.

그 삶 속에서 지영은 폭군(暴君)이 되어야 했다. 태생 때문에 지독한 멸시에 시달리다 명령이 떨어지고, 왕좌에 오르자마자 정말 미쳐 날뛰었다.

'후, 열어야겠지.'

지영은 열리려던 기억 서랍을 툭 쳐서 다시 닫았다. 지금은 아니다. 서랍을 여는 타이밍은 자신의 대사 차례가 다가오는 딱 그 순간이어야 했다. 지영은 연기를 모른다. 하지만 수많은 삶을 간직하고 있고, 여차하면 서랍을 열어 뒤집어 써버리면 되기 때문에 큰 걱정은 없었다.

"어머, 잘 어울리네요?"

지영의 갑작스러운 캐스팅으로 인해 부모님과 소속사에 급히 연락을 하러 갔던 서소정이 들어와 지영을 보고 감탄사를 늘어놓자, 지영은 거울에서 시선을 떼고 천천히 돌아섰다.

"그런가요? 참, 잘 해결됐나요?"

"네, 지영 군 어머님이 이따 와서 계약서를 쓰기로 했어요. 저희 쪽 소속사에도 얘기는 끝났군요. 그런데 이야… 잠시만 요."

서소정은 폰을 꺼내 지영의 모습을 여러 차례 찍었다. 왜 찍 냐고 물으니 쓸 데가 있단 말만 해줬다. 대충 어디다 쓸지 예상 이 갔기에 지영은 더 이상 묻지 않았다.

"준비는 끝났나요?"

"거의 끝나가요."

밖으로 나오자 분주하게 움직이는 촬영 스태프들이 보였다. 그리고 한쪽에 배우들이 모여 대사를 맞추고 있었다. 서소정은 지영을 이끌어 그쪽으로 데려갔다. 한창 대사를 맞추던 민아가 지영을 보곤 '와!' 하며 도도도! 달려왔다.

"멋있따!"

"그래?"

"웅!"

민아는 빙글빙글 지영의 주변을 돌며 연신 탄성을 흘렸다. 지영은 그런 민아 대신 대사를 맞추던 배우들에게 인사를 했다.

"안녕하세요. 강지영입니다."

"오… 아까 나현이 구한 애가 너구나?"

"네, 떡을 먹던 걸 우연히 봤거든요."

"허허."

모중산 역의 김준척이 지영의 머리를 쓰다듬었다. 그의 눈에는 굴러들어 온 지영이 그리 나쁘게 보이지 않은 것 같았다. 다음 신, 오늘의 마지막 신을 찍을 때 대사가 있는 이들은 몇 명 없었다.

귀례, 모중산, 모낭여, 순, 그리고 숙.

나머지는 전부 보조 출연자로 대사 없이 주변에 서 있을 뿐이었다. 그리고 대사가 있는 이들 중에서도 귀례, 모중산과 순이 대사가 많았고, 모낭여는 그저 아버지를 부르며 절규, 제발 살려달라는 애원이 전부였다. 그런 표정, 내면 연기도 곁들여진

대사들이다. 숙도 마찬가지였다.

네 이년!
예가 어디라고 그 천한 주둥이를 놀리느냐!

딱 이 두 줄이다.
"연기 경험이 있니?"

김준척의 질문에 지영은 조용히 고개를 저었다. 아예 없는
건 아니다. 유치원 학예회 때 좀 해봤으니까. 하지만 그건 학예
회다. 여긴 상업 영화 촬영장이고. 급이 다른 장소였다. 그래서
지영은 그냥 없다고 했다.

"죄송합니다. 제가 갑자기 끼어들게 되었네요."

"이런 케이스가 별로 없는 게 아니지. 영화판이니까. 한창 촬
영 중에 갑자기 배우가 바뀌는 일도 생기는 곳이 이 바닥이다.
그리 신경 쓸 것 없어."

김준척은 지영의 머리를 재차 쓰다듬으며 안심시켜 주려 했
다. 지영은 스륵 머리를 돌려 그의 손을 떨쳐냈다. 그러자 하
하, 웃는 김준척. 나현이란 배우를 구하는 걸 역시 좋게 봤나
보다.

"김민재야, 잘 부탁해."

순의 역할을 맡은 배우가 지영에게 다가왔다. 키는 지영과
비슷하나 생김새는 전혀 달랐다. 지영이 이름처럼 선이 좀 유
해 여성적인 이미지가 있다면 김민재는 눈썹부터 시작해 눈,

코, 입 전부가 도드라졌다. 딱 봐도 인상이 깊게 남을, 선이 굵은 인상이었다.

"강지영입니다."

"반가워. 근데 진짜 초등학교 일 학년이야? 민아랑 동갑이 맞아?"

"네."

"놀라운걸? 민아야 키만 컸지, 성격은 앤데… 넌 완전히 다르네?"

다르다.

이건 좋게 말하면 차분하다 할 수 있겠지만, 나쁘게 말하면 애늙은이 같단 말처럼 들렸다. 면전에서 이런 말을 들으니 기분이 살짝 나빠졌다. 하지만 그걸 티낼 지영이 아니었다.

"그런 소리 많이 들어요. 굴러들어 온 돌이지만 그래도 잘 부탁드립니다."

"하하하! 재밌다, 너."

김민재가 지영의 어깨를 툭툭 쳤다. 김준척도 웃었다. 그러고 보니 두 사람, 조금 닮았다. 지영이 둘을 번갈아 보고 있으려니 김민재가 큰아버지셔, 하고 짧게 관계를 설명해 줬다. 아, 역시. 지영은 냉큼 수긍했다.

"자, 그럼 인사는 여기까지 하고, 대사를 좀 맞춰볼까?"

"네."

"넹!"

김준척의 말에 지영은 짧게 답하고 대본을 펼쳤다. 두 번째

신의 내용을 요약하자면 이렇다.

모진 고문으로 기력을 거의 잃은 모중산. 원한과 억울함이
가득한 눈으로 순을 노려본다.

귀례가 음침한 미소를 흘리며 순의 귀에 대고 간언을 올린
다.

그 순간, 순의 눈매가 꿈틀거린다. 이후 순간적으로 시선이
울부짖는 모낭여를 향했다가, 바로 모중산으로 옮겨간다.

모중산이 순과 시선이 마주치자, 귀례와 번갈아보며 피 끓는
절규를 토해낸다.

그 절규에 순은 입술을 질끈 깨문다.

귀례, 모중산에게 다시 한번 간언을 올린다.

질끈 눈을 감는 순, 모중산의 목을 차라 이른다.

귀례, 순의 명령을 큰 소리로 외친다.

아버지! 폐하! 아버지를 제발 살려주시어요! 모낭여의 애원이
시작된다.

그때까지 조용히 서 있던 숙.

차갑게 굳은 눈으로 모낭여를 향해 일갈한다.

순, 숙을 말린다. 이어 형을 집행하라 이른다.

귀례, 행을 집행하라 이르신다! 크게 외친다.

이후, 모중산의 목이 떨어진다.

모낭여가 찢어지는 비명을 내지르다 쓰러진다.

순, 그런 모낭여를 향해 들썩이다가 자리를 뜬다.

숙, 그런 순을 보다가 순과는 반대쪽으로 자리를 뜬다.

황제 순, 간신 귀례의 간언에 넘어가 충신 모중산의 목을 치다.

대충 이 정도였다.

첫 번째 신과 비슷하지만 다른 게 있다면 숙의 존재다. 타국에 사자로 갔다 온 숙의 등장이다. 지영은 아직까지 모르지만 숙은 순의 연적이었다. 후에 왕야가 될 인물이고. 어린 시절은 아니나 모낭여가 성인이 되어 등장하는 순간부터 그를 사랑하게 될 사람이 바로 숙이다. 이후부터 펼쳐지는 절절한 이야기.

촬영 준비가 끝나고, 박종찬 감독의 큐! 사인이 떨어졌다.

＊   ＊   ＊

"폐하……."

모진 고문으로 인해 기력을 모두 소진한 모중산의 입에서 힘없는 부름이 나왔다. 그 소리는 쇠를 긁는 것처럼 거칠었다. 순은 그런 모중산을 내려다봤다.

"어째서냐. 어째서 역모를 꿈 꾼 것이냐."

"소신은… 역모를 꿈꾸지 않았나이다……."

"헛소리! 이리 많은 증거가 모였거늘! 여기 연판장을 보아라! 가장 첫 장에 그대의 이름이 적혀 있다, 모중산!"

순의 일갈. 그러나 그런 순의 일갈에 모중산은 그저 힘없이 처연하게 웃을 뿐이었다.

"흘흘… 그까짓 연판장이야… 만들어내면 될 일……. 만약, 정말 만약에… 소신이 행했다면, 그리 소홀하게 연판장을 관리했을 것 같사옵니까!"

"닥치거라!"

분노한 순의 외침.

그 말이 끝나기 무섭게 모진 매가 모중산에게 떨어졌다. 퍽! 퍽! 이제는 비명조차 지를 힘이 없는지 모중산은 그냥 바닥에 쓰러졌다.

"아버지……! 아버지 정신 차리시어요……!"

그때 딸, 모낭여의 절절한 외침이 궐 안을 흔들었다. 순의 시선이, 귀례의 시선이, 그리고 모중산의 시선이 무릎을 꿇은 채 절규하는 모낭여에게 넘어갔다.

'낭여야… 이 애비가 미안하구나.'

모중산이 속으로 하나뿐인 딸 낭여에게 미안함을 고했다.

'낭여……'

순, 울부짖는 낭여의 이름을 속으로 아릿한 마음으로 불렀다.

'네 이년, 모낭여……'

귀례가 눈을 희번덕대며 치켜뜬 채 낭여를 노려봤다. 이후 순의 귀에 대고, 비릿한 어조로 간언(間言)을 올렸다. 이를 악물고 고개를 끄덕이는 순.

"죄인 모중산은 들라……!"

순의 엄정한 외침이 다시 궐 안을 흔들었다. 모두의 시선이 다시 순에게 모였다. 그 시선을 받은 순이 한참을 뜸들이다가, 이내 입을 열었다.

"감히 역모를 꾸미려 한 죄, 이 죄는 무겁기 그지없구나! 본래라면 구족(九族)을 멸해야 할 것이나! 그동안의 공을 높이 사! 모중산의 일족만을 멸하겠노라!"

쿠웅!

모중산의 눈빛이 격랑을 맞은 조각배처럼 흔들렸다. 동시에 귀례의 입가에 희열의 미소가 피어올랐다.

'되었다……. 되었어……! 이제야… 순이 내 손에 들어왔음이야……. 으하하하하!'

광소를 흘리는 귀례.

그런 귀례를 보지 못한 순.

"폐하……!"

모중산의 통곡에.

"본보기로… 모중산의 목을 참수하라!"

"폐하……."

충신은 충신으로 남는다.

그러나…….

"어찌하여……! 폐하! 아버지이옵니다! 제국의 충신! 모중산이옵니다! 제발 그 명을 거두어주십시오……!"

모낭여는 달랐다. 원념 가득한 눈동자를 숨긴 채, 이 순간

아비의 목숨을 구걸했다. 그런 모낭여에게 순의 시선이, 모중산의 시선이, 귀례의 시선이 차례대로 가서 박혔다. 그리고 숙의 시선 또한 박혔다.

"폐하! 제발……!"

모낭여의 입이 다시 열리던 순간.

갈……!

쩌렁……!

궐을 터뜨려 버리는 강렬한 한 단어.

공기가 얼어붙었다.

공간이 얼어붙었다.

누구도 예상하지 못한 순간에 터진 강력한 한 방.

모두의 시선이 저도 모르게 소리를 '터뜨린' 이에게 건너갔다. 그 자리에는… 숙(鷫)이 서 있었다.

차디찬 눈.

순과는 다르다.

순이 억지로 차가움을 가장했다면, 숙은 근본부터 그냥 차다.

순이 간언에 눈이 먼 황제라면, 숙은 그런 순을 역겨워하는 왕야(王爺)다. 그래서인가? 존재감이 무너졌다.

순이 황제다.

숙이 황제가 아니라.

그러나 지금 이 순간, 모두의 머릿속에 그려지고 있는 단어.

숙 황제…….

입에 담는 순간, 목이 달아날 단어.

그만큼 엄정하고, 범접 불가한 황제의 기도가 숙에게서 흘러나오고 있었다. 절로 고개가 조아려지는 그런 기개다. 그러나 시선만으로도 피부가 짜릿하게 만드는 어떤 무서운 기세도 담겨 있었다. 그래, 폭군의 기세. 숙은 이 둘을 동시에 갖추고 있었다. 멍하니 자신들을 바라보는 이들의 시선을 한 몸에 받으며, 시선은 여전히 모낭여에게 고정하고 있는 숙의 입이 천천히 열렸다.

"이곳이 어디라고, 감히… 하찮은 여인 따위가 목소리를 높이는 것이냐."

우웅.

목소리에 진동이 있다고 하면 이러할까?

공기를 타고 흘러간 숙의 말이 모낭여의 가슴에 비수처럼 박혔다. 싸늘한 눈빛. 차다 못해 혈관을 타고 흐르는 피마저 얼려 버릴 무감정의 눈빛. 사지가 찢겨 나가는 고문을 비릿한 미소와 함께 바라보는 폭군의 눈빛. 세상을 굽어보는 절대자의 눈빛. 그 눈빛이 비수가 되어 모낭여가 아닌, 유민아의 가슴을 찢어발겼다.

"흐잉, 흐이잉. 흐아앙! 으아아아앙……!"

모낭여의 울음이 아닌, 유민아의 울음이 터져 나온 순간에
도… 숙은 그저 차가운 눈으로 모낭여를, 아니, 유민아를 직시
할 뿐이었다.

"흐아앙……! 흐아아앙……!"

촬영장을 쩌렁쩌렁 울리는 민아의 울음소리. 그 소리가 차디
차게 얼어붙었던 공기를 산산조각 내버렸다. 그리고 그 공기가
깨지고 나서야 연기자들과 스태프들이 정신을 차렸다. 박종찬
감독도 마찬가지였다.

'이건……'

갈! 하고 소리치는 순간, 영혼이 쩍! 얼어붙는 느낌이었다. 소
리가 커서가 아니고, 그 한 단어에 담긴 차가운 위엄을 캐치해
버렸기 때문이다.

"여보……"

아내 신은정이 그의 소매를 잡았다. 그녀를 돌아보니, 30년
이 넘도록 함께 살면서도 거의 본 적이 없는 표정을 짓고 있었
다. 희열에 젖은 모습. 아내 신은정의 얼굴은 딱 그런 얼굴이었
다.

"커, 컷!"

박종찬 감독은 일단 촬영을 중단했다. 그의 컷 사인이 떨어
지기 무섭게 민아의 매니저 서소정이 장내로 난입해 민아에게
달려갔다.

"흐앙! 흐아앙!"

"아, 민아 양? 왜 울어요? 자, 뚝!"

경험이 꽤 있는 모양인지 얼른 민아를 안고, 따뜻한 말과 함께 등을 토닥여 주는 서소정. 그녀의 노력에도 민아는 울음을 그치지 않았다.

"흐앙! 지, 지영이가! 흑극! 소리쳐써. 으아앙! 미나 노려봐써. 흐아앙……!"

중간중간 그렇게 말하며 민아는 아주 대성통곡을 했다. 민아가 폭발하자 장내는 확실히 어수선해졌다. 서소정의 노력에도 민아는 울음을 그치지 않았다. 결국 서소정은 지영을 바라봤다.

"흡……."

그리고 깜짝 놀랐다.

지영이 내려다보는 눈빛.

엄하다 못해, 눈빛 속에 북해의 빙정을 담고 있는 게 아닐까 의심스러울 정도의 차가운 눈. 무감정이 아니라, 차디찬 냉기가 흐르는 눈빛. 그녀는 못 봤지만 그 안에 담긴 눈빛은 그게 끝이 아니었다.

광포함.

들끓는 광포함이 차가움 뒤에 수줍게 숨어 있었다.

게다가 입가에 희미한 미소까지 그리고 있으니, 이건 뭐…….

'무, 무슨 눈빛이…….'

서소정 정도의 가슴은 단박에 쪼그라뜨렸다. 하지만 그래도 서소정은 입을 열어야만 했다.

"지, 지영 군? 좀 도… 와줄래요?"

이제 여덟 살짜리 애한테 쫄아서 말을 더듬고 있지만 그녀는 당장 그걸 자각하진 못했다. 일단은 민아의 울음을 멈춰야 하는 게 먼저였으니까.

"아……."

곧 지영은 짧은 탄성을 흘렸다. 그러자 흠칫 놀라는 주변의 배우들. 지영은 잠깐 멍하니 하늘을 보다가, 이내 고개를 절레절레 털었다. 머릿속이 혼탁했다. 기억 서랍을 연 후폭풍이었다.

지영은 좀 전 연기를 위해 999번의 삶 중 가장 꺼내기 싫은 기억 서랍을 열었다.

왕조실록에도 기록되지 않은, 제위 기간 반년의 최악의 폭군. 오늘날 그의 이름은 아예 전해지지 않았다. 그 어떤 문헌에도 금지된 이름, 이건(李建).

단 반년 간, 무려 천에 가까운 학살을 벌인 희대의 악왕(惡王). 그래서 왕조실록을 포함해 모든 문헌에서조차 금지된 이름. 게다가 공백을 메우기 위해 날조까지 해야만 했던, 조선사 최악의 비사이자, 수치스러운 역사. 구전(口傳)으로 전해지는 것도 최선에 최선을 다해 막아버린 비극의 반년.

그렇게 역사에서 아예 흔적도 없이 지워진 왕.

그게 이건이고, 그 삶이 지영의 삶 중 하나였다.

정말 떠올리고 싶지 않은 삶 중 하나였지만 신은정이 간략하게 전해준 숙이란 캐릭터가 가진 성정 이상의 캐릭터를 보여주려면 이건밖에 없었다. 그냥 차가운 게 아닌, 그 안에 숨어 있는 광기까지 보여줘야 아이답지 않을 수 있으니까.

그래서 열었다.

"지영 군!"

서소정의 외침에 지영은 이제 어둑해져 가는 하늘에서 시선을 옮겨 아래로 내렸다. 계단 아래, 민아는 여전히 펑펑 울고 있었다. 흐아앙! 거의 자지러지는 수준이었다. 지영이 민아와 알게 된 이후 정말 몇 번 없는, 빨리 달래주지 않으면 기절까지 가는 그런 수준의 울음.

스윽.

지영이 움직이자 주변이 움찔했다.

아직도 시리게 빛나는 눈빛, 그리고 푸른 용포. 고작 여덟 살 지영에게 모두가 위압감을 느꼈다. 계단을 내려가기 전, 순을 바라보는 지영.

김민재는 그 눈빛과 마주하자마자 흠칫 떨었다. 입술을 질끈 깨물고 있는 게 보였다. 지영을 바라보는 눈빛에는 공포가 적나라했지만 이겨내려 하는 모습이 보였다.

씨익.

지영은 그런 김민재를 향해 하얀 치열을 드러내며 웃어줬다. 결국 그 미소에 김민재는 고개를 돌렸다. 의식, 무의식을 확실하게 장악한 공포를 결국 이겨내지 못한 것이다.

'재미있는 놈… 감히 내게 대항하려 했느냐? 후후.'

폭군의 성질이 아직 남아 있었다.

지영은 이미 기억 서랍을 닫았지만 아직까지 여파가 가시지 않은 상태. 그래서 아직은 폭군 이건이다.

'그 마음, 갈가리 찢어주고 싶구나.'

그 마음을 담은 네놈의 연약한 육신까지도.

스윽.

지영은 다시 고개를 돌렸다.

터벅, 터벅, 계단을 걸어 내려가던 지영은 카메라의 사각에 서 있는 한 여인에게 다시 시선을 줬다. 깊게 눌러쓴 모자와 발목까지 내려오는 롱 패딩, 그리고 선글라스에 마스크까지. 어떻게 된 게 겉으로 드러나는 부분이 하나도 없었다. 하지만 지영의 시선은 그런 복장보다는 손에 들린 물병에 있었다.

슥.

걸음을 멈춘 지영은 온몸을 칭칭 감고 있는 여인에게 손을 내밀었다. 마침 여인도 자신을 보고 있기에 지영은 천천히 입술을 열었다.

"다오."

"……."

지영의 말이 떨어지기 무섭게 흠칫 몸을 떠는 여인. 지영은 그런 여인을 빤히 바라봤다. 아니, 이 순간만큼은 강지영의 부드러운 시선이 아니라, 폭군 이건의 시선이었다. 머뭇거리던 여인은 결국 지영의 눈빛을 이기지 못하고 조심스럽게 다가와 물병을 건넸다. 그 순간부터 소란은 가중됐다. 사방에서 웅성거리는 소리가 들리기 시작했고, 지영은 머리에 쓰고 있던 가발을 벗어던졌다.

촤아아악.

차가운 물이 정수리부터 쏟아졌다.

막 냉장고에서 빼온 물인지, 뼛속까지 시리다는 말이 절로 떠오를 정도였다.

'으으……'

그걸 이 악물고 버티고 나자, 이건이 천천히 떠나고 지영이 되었다.

"후우……."

이건은 떠났다.

폭군이 떠난 여파로 아직 정신이 몽롱하긴 하지만 지영은 머리를 흔들어 물기를 털어내고는 민아에게 걸음을 옮겼다.

"흐아아앙……!"

민아는 여전히 울고 있었다. 지영은 여전히 느릿한 걸음으로 다가가, 지영의 앞에 앉았다.

"민아야."

"흐앙! 흐아아… 흑! 나한테 소, 소리쳐쪄!"

민아는 겁을 잔뜩 먹은 눈빛으로 지영을 보면서도 투정을 부렸다. 손을 뻗자 멈칫하는 민아. 그러나 지영이 '괜찮아, 이리와' 하자 서소정의 품에서 벗어나 느릿느릿 다가왔다. 역시 이상했다. 지영을 무서워하면서도 지영에게 안기는 모습. 이 장면은 지극히 모순적이라 할 만했다. 하지만 지금 당장은 민아를 달래는 게 먼저였다.

"미안."

"흐으으… 흑! 흐극!"

"괜찮아. 이제 소리 안 칠게."

"흑! 지, 지짜?"

"응. 그러니까 그만 뚝 할까? 다른 분들이 곤란해하시잖아."

"흐흑… 응. 미나 안 울게. 흐흑……."

지영이 위로를 해주자 민아의 울음을 멎어갔다. 역시 민아에게는 지영이 즉효약이었다. 지영은 서소정을 바라봤다.

"이제 어떡하나요?"

"으, 응?"

"촬영도 이렇게 되어버렸고… 민아도 더 이상 연기는 불가능할 것 같은데."

"아, 그렇지……. 잠깐, 가서 말하고 올게."

매니저는 누가 뭐래도 자신이 맡은 연기자를 최우선으로 챙겨야 하는 법이다. 무엇보다 안전과 건강이 최고인 것이다. 특히 유민아, 요즘 가장 핫하다는 아역 배우다. 문제가 생겼다간 당장에 매니저 자리가 날아갈 게 분명했다. 그녀가 심각하게 논의 중인 박종찬과 신은정에게 가자, 지영은 민아를 부축해 일으켰다. 일단 대기 텐트로 가 있을 생각이었다.

이렇게 추운 곳에서 한바탕 자지러지게 울었으니, 감기 걸리기에는 아주 딱 좋은 상황이었다.

대기실로 돌아오는 그 짧은 시간에 민아는 기력이 다 떨어졌는지 바로 잠이 들었다. 아이의 체력이다. 저렇게 울고 나면 기절하듯 잠에 빠져드는 건 이상한 일이 아니었다. 눈물범벅이 된 얼굴로 새근새근 잠든 민아의 머리를 쓰다듬어 주던 지영은 이내 난로 옆으로 다시 와서 앉았다.

머릿속까지 지배하고 있던 시린 흉성이 빠져나가자, 지영도 진이 빠졌다. 기억 서랍이 꼭 좋은 것만은 아니었다.

이렇게 강렬했던 기억을 떠올리면 그 여파도 굉장히 강렬하다.

좀 전만 해도 그렇다.

폭군 이건의 기억 서랍을 열자, 그는 지영의 정신을 잠식해 왔다. 주의식은 분명 지영이지만 부의식은 이건이라 해도 과언이 아닌 상태였다. 지영이면서도, 이건인. 그런 지영의 상태를 이 시대의 심리 의학 용어로 설명하자면, 이중인격 정도가 딱 어울릴 것이다. 물론 모든 기억 서랍이 이런 건 아니었다. 폭군 이건처럼 강렬한 삶을 살았던 기억만 그렇다.

'이래서야… 남는 게 없겠는데. 아니, 명령을 충실히 이행했으니 그것만으로도 남는 건가?'

그런 생각이 떠오르자…….

"지랄……."

저절로 입에서 욕이 튀어나왔다.

시대의 명령을 확실히 이행하긴 했다. 차가운 숙의 캐릭터에 맞췄지만 좀 부족하다고 생각해 시리도록 차갑고, 길들여지지 않는 맹수와 같은 흉성을 가졌던 이건을 끄집어내서 연기를 했다. 그 결과는? 명령을 아주 차다 못해 넘치게 수행했다. 지영 자신이 피부로 느끼며 보았다.

모두가 자신을 바라보던 시선을.

그 안에는 두려움, 당황, 놀라움 등 온갖 복잡한 감정들이 담겨 있었다. 고작 여덟 살짜리의 연기가 절대로 아니었기 때문에, 고작 여덟 살짜리가 뿜어낼 수 있는 기세가 절대로 아니었기 때문에 나온 반응들이었다.

과정보다는 결과를 중시하니까, 아주 확실한 명령 이행이었다.

'그러나… 그 결과에 나는 지금 죽을 맛이지.'

명령만 아니었다면 절대로 꺼내지 않았을 거다. 지금도 흐릿하긴 하지만 당시 이건이 벌였던 난교, 학살, 고문까지. 이건이 반년 간 벌였던 모든 악행이 파노라마처럼 쉭쉭 지나갔다. 지영은 다시금 이를 악물고 머리를 털었다.

'못할 짓이다, 진짜……'

앞으로 이걸 통제해서, 완전히 지워 버리려면 고생을 꽤나 해야 할 듯싶었다.

후우.

한숨을 쉬기 무섭게 서소정이 다시 들어왔다. 그리고 이번에도 박종찬과 신은정이 같이 들어왔다.

"지영 군?"

"네."

"자네 괜찮나?"

"네, 지금은요."

"지금은? 흐음."

어린 지영에게, 나이 차이가 무려 50살 가깝게 나는 지영에게 자네라는 존칭을 사용하는 박종찬 감독. 그가 경지에 들었다 인정한 연기자에게 보여주는 존중이었다.

"후우, 그럼 다행이군. 그런데 혹시……."

"연기 배웠냐고요?"

"허헛, 귀신이군그래? 맞아, 혹시 배운 적 있나?"

"아니요."

배우지 않았으니 솔직하게 대답했다. 여기서 더 아이답지 않게 답할 수도 있긴 하지만 오늘은 이 정도면 충분하다 생각하는 지영이었다.

"그런데 어떻게 발성과 호흡이 완벽하지? 이건 배운 이의 발성과 호흡인데?"

"글쎄요? 그냥 하니까 되던데요."

"호호호. 장난하지 말고, 지영 군."

"진짜예요."

지영은 딱 잡아뗐다.

당연히 거짓말로 잡아떼는 중이었다. 지영의 전생에 장수인 적이 상당히 있었다. 특히 프랑스의 백년전쟁 당시에는 여성으로 태어난지라, 민중 봉기를 위해 연설할 때, 작은 성량을 커버하려 호흡과 발성을 배워야만 했다.

전투 중에도 그랬다. 전장을 쩌렁쩌렁 울리지 못하면 아군은 그 함성에 용기를 얻지 못한다. 그렇기 때문에 발성, 호흡 정도는 충분히 컨트롤할 수 있는 경지에 오른 지영이었다. 그러나 그걸 말해준들 박종찬이나 서소정이 과연 믿을까? 정신병자 취급 안 하면 다행이었다. 박종찬과 신은정은 이번에도 그냥 넘어갈 생각인 것 같았다.

"좋아. 그럼 이번에도 학교에서 배운 걸로 넘어갈게. 대신에……."

"대신에?"

"진지하게 연기해 볼 생각은 없니?"

"……."

진지하게라…….

피식.

'여기서 더?'

이 여자, 사람 여럿 잡아달라는 소리를 참 태연하게 하고 있었다.

결론적으로, 신은정 작가의 제안은 시대의 명령을 수행함에 있어 큰 도움이 될 것 같아 그 자리에서 수락했다. 이후 활짝 웃은 그녀가 따로 연락을 주겠다고 했다. 그리고 그 후로 이 주가 쏜살같이 흘렀다.

'흠, 이제 다 가셨네.'

담임 송정아가 아이들을 어르고 달래는 걸 보며, 지영은 이제야 이건의 영향력이 다 빠져나갔다는 중요한 생각을 했다.

참 오래갔다. 말이 이 주지, 지영에겐 정말 길고 지치는 시간이었다. 시시각각 이건의 기억이 정신을 건드렸다.

별것도 아닌 일에 살심이 불쑥 솟구쳤다.

특히나 학교에 나왔을 때가 가장 힘들었다.

아직 1학년.

커봐야 얼마나 크겠나?

연약한 어린이들의 몸을 보고 있자면, 이건이 벌였던 학살이 떠올랐다. 저 연하디연한 살갗을 찢어 피가 솟구치는 걸 광기 어린 차가운 눈으로 지켜보던 이건이 떠올랐다. 그러나 이제는 괜찮았다.

'다행히 컨트롤이 되네.'

이건의 삶은 처음 끄집어냈다. 전생에서는 딱히 이건을 꺼내 볼 필요가 없었기 때문이다. 아이답지 않게 살라는 명령 때문에 이건을 꺼냈지만 지영은 이제는 그리 후회하진 않았다.

어차피 명령에 반하면 어떠한 형태로든 제재가 있으니까, 차라리 본인이 좀 힘들어도 목숨을 위협하는 일을 피하는 게 낫다.

딩딩딩, 딩!

4교시 끝을 알리는 종이 울렸다.

"자, 오늘은 여기까지 하겠어요!"

송정아가 책을 덮고 수업을 끝냈다. 아이들이라 그런지 바로 만세 포즈로 '와!' 하는 함성을 흘렸다. 그리고 당연히 그중 반 이상이 남자애들이었다. 지영은 주섬주섬 교과서를 챙겼다. 1학년이라 4교시가 끝나면 바로 하교였다.

담임이 하교를 알리고 밖으로 나가자, 애들이 우르르 민아에게 몰려왔다.

"미나야! 우리 지베 놀러가자!"

"아냐! 우리 집에 가꺼야!"

대다수가 여자아이들이었다.

민아는 초등학교의 마스코트이자, 인기인이었다. 그럴 수밖에 없는 게 광고에 아주 자주 등장했고, 요즘에 영화를 찍는다는 것도 잘 알려졌기 때문이었다. 그래서 학교에서도 민아에 대한 편의는 엄청 봐주고 있었다. 괜히 딴 학교로 전학 간다고 하면 골치 아프니까 말이다. 하지만 애들은 달랐다.

'욕망에 아주 충실한 나이지.'

지영도 이런 부분에 대한 불만은 없었다. 에헤헤, 웃던 민아가 지영을 바라봤다.

"지영아, 갈 거야?"

요즘 촬영 때문에 발음에 엄청 신경 써서 그런지, 학교에서도 거의 똑 부러지는 발음을 구사하는 민아. 그런 민아가 지영은 어쩐지 좀 가증(?)스러웠다. 지영은 잘 안다. 민아의 저 발음 자체가 연기라는 걸.

'나한테는 그렇게 애처럼 굴면서… 쯔.'

어쨌든 물어봤으니 답은 해줘야 할 터.

"아니, 오늘은 집에 일찍 가려고."

"히잉, 그래? 그럼 나도 안 갈래."

그러더니 애들을 향해 미안, 나도 오늘은 집에 일찍 갈래, 하고 거절 의사를 밝혔다. 하지만 그런다고 물러서면 애들이 아니다.

"왜에, 가자! 가자가자, 응?"

"미나랑 가치 오면 엄마가 피자 시켜준댔단 마랴! 가자, 미나야? 응?"

민아를 조르는 아이는 둘.

그러나 둘만 있는 게 아니라 그 아이들 뒤에 네다섯 명의 여아들이 서 있었다. 반에서 가장 시끄럽게 노는 두 그룹이었다.

"미안."

민아가 다시 한번 거절하자, 찌릿! 쪽 째리는 시선이 지영에게 넘어왔다. 아이들이지만 민아가 왜 안 간다고 하는지 눈치껏 파악했기 때문이었다. 사실 민아는 항상 지영과 같이 등교했고, 하교도 같이했다. 밥도 항상 옆에서 같이 먹었고, 쉬는 시간에도 지영의 옆에서 떨어진 적이 없었다.

그러니 모르려야 모를 수가 없었다.

유민아를 움직이려면 강지영을 움직여라!

요 정도야 본능적으로 반 학생 대다수가 알고 있었다. 하지만 아이들이다. 실수는… 당연히 하는 법.

"지영이, 너! 너 때무네 미나가 우리랑 안 논대자나!"

"마자! 니가 말해줘! 우리랑 놀아도 댄다구!"

두 아이의 날 선 외침.

피식.

'귀여운 것들.'

이 정도에 발끈하면 999번의 삶이 운다. 지영이 상황을 정리하려는 찰나, 그보다 먼저 나서는 이가 있었으니…….

"너 뭐야! 우리 지영이한테 왜 소리쳐! 앙!"

강지영 교의 사도 유민아 양 되시겠다.

벌떡 일어난 민아가 두 아이한테 손가락질을 하며 소리쳤다. 벌떡 일어난 민아는… 자이언트 베이비답게, 머리 하나는 더 차이가 났는지라 여자아이들은 곧바로 겁을 한 움큼 집어먹었다.

"그, 그게……."

"미나야, 그게 아니라……."

그러나 이미 눈에 불이 번쩍한 민아. 저런 변명에 바로 '잘못했지? 얼른 지영이한테 사과해. 대신 다음에 놀아줄게!' 하고 말하면 유민아가 아니다.

"이 씨! 니들이랑 앞으로 안 놀아! 나한테 오지 마!"

그러더니 박력 넘치게 지영의 손을 잡고 끌었다. '으앙! 흐아앙!' 교실 문을 나가기도 전에 두 아이의 울음이 터졌다. 그런데도 민아는 씨! 이씨! 화를 삭이지 못하고 있었다.

"이건 놓고 가자."

"씨……! 재들 나빠! 앞으로 안 놀 거야! 말도 안 할 거야!"

분을 못 참아 지영의 말도 귀에 들리지 않는 민아. 지영은 어쩔 수 없이 손목을 슬쩍 틀어 민아의 손아귀에서 빼냈다.

'아따……'

민아가 어찌나 세게 쥐었는지, 팔목이 살짝 빨개져 있었다. 신발을 신고 본관을 나선 지영은 운동장 건너편의 놀이터로 갔다. 민아는 단순하다. 놀아주면 금방 화가 풀린다는 걸 잘 알고 있었다.

총총총.

역시, 운동장 반을 건너기도 전에 민아는 기분이 풀렸는지 배시시 웃으면서 지영의 주변을 맴돌았다. 이런 단순함도 신기하지만 요즘 지영은 유민아란 인간 자체에 조금 의문과 함께 신기함을 느끼는 중이었다.

'이런 애가 연기만 하면… 돌변한단 말이야?'

지영이 그동안 지켜본 바, 대본을 읽고 큐 사인이 떨어지면 평상시 민아의 모습은 마치 처음부터 없었던 것처럼 사라졌다. 그리고 그 자리를 차지하는 건 연기자 민아다. 처음에는 이걸 진지하게 생각하지 않았었다.

'그런데… 말이 안 되잖아? 인간의 본성이란 게 있는데. 그걸 연기 때만 철저하게 죽인다고?'

만약 처음부터 차분한 아이였다면 그러려니 했을 것이다. 그러나 네 살 때부터 봐왔던 민아와 지금의 민아는 전혀 차이가 없었다. 그런 민아가 카메라 앞에만 서면 마치 전문 배우처럼 돌변한다. 이건 사전 교육을 받지 않은 아이가 보일 수 있는 행동이 아니었다.

'신기하단 말이야……'

그네를 타러 달려가는 민아의 뒷모습을 보며 지영은 의심스러운 눈길을 보냈다. 하지만 당연히 민아는 돌아보지 않았다.

"나 밀어져!"

또또, 지영과 있으면 이렇게 혀가 짧아진다. 의심스러운 눈길을 노련한 정치가처럼 지운 지영은 가방을 한쪽에 내려놓고 민아를 천천히 밀어줬다.

"꺄하하! 재밌져!"

붕붕, 그네가 조금씩 높이 올라갈 때마다 민아는 즐거운 웃음을 흘렸다. 아까의 짜증은 거의 풀린 것 같으니 조금만 더 놀아주면 되겠다는 생각이 들었다. 그렇게 그네를 한참 밀어주고, 이번엔 시소를 타자고 해서 시소로 같이 가는데, 저 멀리서 '야!' 하는 소리가 들렸다. 지영은 그 외침을 듣는 순간, 그 속에 담긴 적의를 느꼈다. 멈춰선 지영의 시선이 운동장 쪽으로 향했다. 한 무리의 아이들이 씩씩거리면서 다가오고 있었다.

에효……

이래서 애들이란.

"어떡해… 히잉, 미나 무서어……"

너 때문이다 이것아, 라고 한마디 해주고 싶었지만 그랬다간 또 펑펑 울어재낄 걸 잘 알아서 그냥 민아를 등 뒤로 보냈다.

아까 반에 있던 여자애들 7명. 그리고 딱 봐도 상급생으로 보이는 남녀 두 명씩, 네 명. 지영은 바로 파악했다.

"너냐? 우리 지아 울린 년이?"

민아와 비슷한 키의 여학생이 다짜고짜 욕을 했다.

"누구세요?"

하지만 이 정도로 발끈할 지영이 아니다. 그냥 조용히 되묻자, '나 애 언니거든! 근데 니가 내 동생 울렸냐고 물었잖아!' 하는 짜증 섞인 답변이 되돌아왔다.

"그런데요?"

"그런데요? 하, 너 일 학년이지? 나 오 학년이거든!"

"그러니까, 그래서요?"

"넌 선배에 대한 예의도 모르니!"

예의?

무슨 예의?

나라는 매국노처럼 팔아먹고, 대신 구국 충정을 외치는 개풀 뜯어먹는 헛소리에 지영은 그냥 웃었다. 고작 5학년짜리와 말싸움을 하고 싶은 마음은 없었다.

하지만 상대는 전혀 그렇지 않았다.

"너 개념이 없구나?"

상당히 체구가 좋은 남학생의 말에 지영은 또 웃을 수밖에 없었다. 마치 훈계라도 하려는 말투. 근데 누가 누구한테 훈계를 하시나?

"그건 그쪽이 없는 것 같은데요."

"뭐?"

나름 차분하고 조용한 성격 같긴 한데 지영 앞에서는 그냥 애였다. 남학생의 얼굴에 분노가 깃드는 게 보였다. 그럴 수밖에. 1학년인 지영한테 이런 소리를 들었으니, 기분이 좋을 리가 있나.

"야."

하면서 머리를 툭 밀어오는 남학생.

"하……."

지영은 한 번 받아주긴 했는데, 요게 또 기분이 나빠 한숨을 흘리니 이번엔 주먹이 휙 날아왔다.

그러나 지영이 누군가.

혹시 모를 일에 대비해 무려 네 살부터 몸을 단련해 왔다. 이런 꼬마의 주먹질이야 그냥 고개만 뒤로 빼는 걸로 피할 수 있다. 기억 서랍? 그런 건 굳이 열 필요도 없었다. 주먹이 빗나가자 힘을 이기지 못해 상체가 앞으로 쭉 끌려 나왔다. 전형적인 초보자의 주먹질.

툭.

그래서 지영은 슬쩍 발을 가져다 댔다.

"악!"

발에 걸리기 무섭게 앞으로 철퍽 넘어진 남학생이 욕을 하며 곧바로 일어났다.

"이 개새끼가!"

"저희 부모님은 사람인데요."

휙!

툭.

"악!"

또 넘어졌다.

두 번이나 남학생이 넘어지자 다른 남학생도 가세했다. 그러나 하나가 둘이 됐다고 지영에게 한 방 먹일 수 있는 건 아니었다. 제대로 배우지도 않은 상태에서 주먹질을 해봐야 자기 힘도 못 이겨 휘청거릴 뿐이다. 특히 앞뒤 안 보일 정도로 열받은 상태에서 주먹을 휘둘러 봐야, 오히려 가지고 놀기 딱 좋을 뿐이었다.

휘두르고 넘어지고, 휘두르고 넘어지고를 반복하다 보니 지친 놈들이 바닥에 주저앉아 씩씩거리기 시작했다.

마음 같아서는 귀싸대기 한 방 올려붙이고 싶은데, 그래서는 일이 커진다. 아이답지 않게 살라는 명령이 있긴 하지만 그렇다고 애들한테 손을 쓰고 싶지는 않았다. 그건 자존심이 용납하지 않기 때문이다.

"가자."

가방을 챙긴 뒤 민아의 손을 잡고 지영은 등을 돌렸다.

그러자 뒤에서 '너 이 새끼 가만 안 둘 거야!' 하고 악을 써댔다. 피식. 웃음만 나왔다.

'그러시든가 말든가.'

운도 좋은 놈들.

만약 며칠 전에 이런 일이 벌어졌으면?

장담하는데, 아마 지영은 저것들 이빨 정도는 싹 털어버렸을 거다. 그렇게 교문을 벗어나 집으로 가는 지영. 이때까지만 해도 몰랐다. 요 사소한 싸움이 설마 어른들 싸움까지 번질 줄은…….

                    *   *   *

　중간 놀이 시간.

　2교시가 끝나고 15분에서 20분 정도 학생들을 놀게 해주는 시간이 중간 놀이 시간이다. 하지만 저학년 학생들은 통제가 잘 안 되다 보니, 보통 담임교사가 반에 잡아둔다. 이 때문에 말이 많긴 하지만 어디로 튈지 모르는 나이라 어쩔 수 없어 태반 이상의 교사가 중간 놀이 시간에 아이들을 자신의 통제하에 뒀다.

　하지만 전부는 아니었다.

　1학년 1반의 특별한 학생. 세상 다 산 노인네 같은 모습을 보이는 강지영이라 송정아는 안심하고 뭘 하든 신경을 쓰지 않았다. 고작 이 주가 넘게 흘렀을 뿐이지만 지영의 행동은 송정아가 안심하기에 충분했기 때문이다.

　지영은 오랜만에 운동장으로 나왔다. 뭘 할까 고민하다, 그냥 트랙이나 달리기로 했다. 지영이 몸을 대충 풀고, 트랙을 뛰기 시작하자 당연하게 민아가 옆에 붙었다. 처음에는 곧잘 따라오더니 한 바퀴가 넘어가자 슬슬 호흡이 흐트러지기 시작했다.

　"헥헥! 지영아! 처, 처처니!"

　그러면서 지영의 옷 끝을 붙잡는 민아.

'에휴.'

민아의 덩치는 4학년 저리 가라지만 체력은 딱 1학년의 체력이었다.

"꽉 잡아."

"우, 응!"

지영은 그냥 속도를 낮추는 대신, 아예 짐 하나를 없고 뛴다는 마음으로 민아를 끌고 달리기 시작했다. 그렇게 다시 한 바퀴. 민아는 그것도 힘든지 철퍼덕 바닥에 주저앉았다. 해방감에 지영의 몸이 슉! 쏜살같이 뛰어나갔다. 슝! 하고 트랙을 달리는 지영의 속도는 결코 1학년의 뜀 속도가 아니었다.

굉장히 리드미컬한 움직임.

안정된 밸런스.

누가 보면 전문적인 훈련을 받은 선수의 주법이라 착각했을 것이다.

"지영이 빠르다! 히히!"

어느새 한 바퀴를 돌아 민아를 스쳐 지나가니 손뼉을 치며 좋아하는 민아. 천진난만함이 그대로 살아 있었다. 하지만 그런 민아의 천진난만함은 지영이 반대쪽 트랙에 도착했을 때 산산조각 났다.

'어?'

민아를 둘러싼 일단의 학생들.

지영은 거리가 멀었지만 본능적으로 저들이 어제 그 상급생들임을 알 수 있었다. 달리던 경로를 바꿔 잔디를 그대로 가로 지르며 지영. 거의 도착할 때쯤, 짝! 소리가 들렸다. 그게, 평소 냉정한 지영의 뚜껑을 단숨에 열어 젖혔다.

휙!

눈에 보이는 그대로 어깨를 잡아 뒤로 확 잡아당겨 던져 버리는 지영.

"왁!"

상급생 하나가 볼썽사나운 자세로 널브러졌다.

"흐앙! 지영아! 이, 이 언니가 나 때려쪄! 으아앙!"

너무 겁을 먹어 뺨을 맞고 울음도 못 흘리던 민아가 지영을 보자마자 폭풍 오열을 시작했다. 지영은 그런 민아를 바로 자신의 뒤로 보냈다.

"뭡니까."

곱지 않은 말투.

아니, 날이 바짝 선 지영의 말투에 상급생들이 피식 웃었다. 두 놈은 보니까 어제 지영에게 당했던 놈들이었다.

"너야? 윤환이 때렸다는 놈이?"

덩치가 상당했다. 비속어로 떡대라 하던가? 정말 어깨가 떡 벌어져, 절대로 일반 학생은 아닌 것 같았다.

'유도부구나.'

지영이 다니는 초등학교에는 정식 종목으로 유도부가 있었다. 지영은 그걸 상기하니 이 상급생이 유도부라는 걸 바로 알 수 있었다. 게다가 수업 시간인데도 유도복 바지를 입고 있었다.

"때리진 않고 피하기만 했는데. 그런데 일단 나도 하나 질문 좀. 누구야? 민아 때린 놈이?"

지영의 입가에서 존대가 깔끔하게 사라졌다. 이런 상황에서까지 존대를 써줄 만큼 지영이 성인군자는 아니었다. 어차피 애답지 말라는 명령도 있으니 이 정도야 충분히 괜찮다.

"나다, 왜!"

어제 민아한테 다짜고짜 욕을 했던 여자애가 가슴을 쭉 내밀며 소리쳤다. 뭘 자랑이라고? 뭘 당당하다고 사람을 때려놓고 저리 나오는 걸까? 지영은 초등학생의 막무가내 기질을 너무 무시했음을 깨달았다.

"넌 기다려."

화악.

지영의 기세가 순식간에 변했다. 그 말이 끝나기 무섭게 유도부 상급생이 '이 새끼 건방지네?' 하면서 손을 뻗어왔다. 유도란 경기는 봤다. 도복을 입은 상태에서 상대를 잡아 던지는 경기. 지영이 극히 싫어하는 일본에서 건너온 스포츠.

지영은 상대의 손을 슬쩍 피해, 아래로 넣어 소매를 잡아 쭉 당겼다.

"어?"

그러자 예상치 못한 지영의 행동에 상급생의 몸이 쭉 딸려왔다. 상체가 앞으로 순식간에 기우는 순간 지영은 발바닥을 몸을 지탱하려 본능적으로 나오는 발에 툭 댔다.

휘릭!

유도에서는 발목 받치기라 부르는 기술. 하지만 지영의 기술은 유도 기술이 아닌, 전생의 삶 중 얻은 무예의 기술일 뿐이다.

"악!"

유도부의 몸이 깔끔하게 반원을 그리며 넘어갔다. 그 순간에도 지영은 붙잡은 소매를 놓지 않고 있었다.

'작정하고 왔어. 그러니까 나도 작정해야지.'

남학생만 다섯이 왔다. 이 전부가 덤벼들면 지영도 힘들다. 혼자라면 괜찮겠지만 민아까지 있는 마당이면 몇 대 맞을 각오를 해야 된다. 그래서 지영은 상급생들은 '꼬마'라 생각하지 않기로 했다.

이들은 위해를 가하러 온 폭력배, 딱 그 정도로 정의를 내렸다.

"선수 필승이라는 말, 들어봤어?"

"너, 이 개……!"

빡!

지영의 주먹이 그대로 놈의 콧잔등을 때렸다. 깔끔하게 들어간 한 방에 곧바로 코에서 피가 터졌다.

"아악!"

"왜 개겨, 응? 봐줬잖아? 두들길까 했는데 참고 그냥 넘어가 줬잖아?"

지영은 민아를 때린 여학생에게 시선을 고정한 채 그렇게 말했고, 놀란 학생들이 달려드는 순간 빡! 유도부의 코를 또 때렸다. 픽! 누가 등을 걷어찼다. 하지만 지영은 움찔하기만 했을 뿐, 넘어가지 않았다. 이유는 하나였다.

'유도부, 이놈은 위험해.'

혹시 일어나서 다시 덤벼들면 곤란하다.

빡!

그래서 또 때렸다.

세 방이나 코에 박히자 울음을 터뜨렸고, 그제야 지영은 일어났다. 퍽! 이번에는 옆구리를 걷어차였다. 이번엔 제대로 차여 지영도 옆으로 나동그라졌다. 그러나 그대로 몇 번을 구르고 일어나, 씩씩거리며 달려오는 다른 상급생의 주먹을 옆으로 흘리면서 그대로 숏 어퍼로 턱을 올려쳤다. 칵! 하는 괴상한 비명과 함께 맞은 학생이 그대로 앞으로 엎어졌다. 친구 둘이 끙끙거리자 남은 셋은 움찔했다.

"왜? 이제 좀 겁나?"

"너, 너 이 씨……!"

여학생은 그래도 기가 살았다.

지영은 몸을 확 날렸다. 민아의 뺨을 때린 학생이다. 결코 그냥 넘어가 줄 마음이 없었다.

쫙!

그리고 미처 반응하기도 전인 여학생의 뺨을 그대로 후려쳤다.

꺅! 하고 쓰러지더니 이내 뭐가 서러운지 펑펑 울기 시작하는 여학생. 이 정도면 상황은 종료였다. 좀 더 나이가 많았으면 죽자 살자 달려들었겠지만 둘만 잡아도 겁을 먹는 게 초등학생이다.

삑! 삑삑!

저 멀리 스포츠 강사 샘이 선생님 몇 분과 같이 달려오는 게 보였다.

"후……"

초등학교 입학 후, 처음으로 제대로 된 사고를 친 지영이었다. 그리고 당연히 사고는 학교 선에서 마무리되지 못했다.

*　　　*　　　*

드륵!

쫙!

지영은 자신의 뺨을 날린 여성을 보며 헛웃음을 흘렸다.

"웃어? 사람 때리고 웃어? 너 이 새끼 깡패야!"

"아니요. 맞고 웃은 건데요."

"뭐?"

쫙!

"아이고, 어머님! 여기서 이러시면 안 됩니다!"

교감 선생님이 여성의 앞을 막아섰다. 당연하게도 중간 놀이 시간에 남학생 둘을 두들기고, 여학생 하나의 뺨을 후려친 게 원인이었다. 학교 폭력이, 그것도 교무실에서 훤히 보이는 운동장에서 벌어졌고, 놀란 선생님들이 달려 나가는 순간에 벌써 지영은 셋이나 두들겼다.

"아니, 뭐 저딴 학생이 있어요! 여기가 학교지! 무슨 깡패 소굴이에요? 무서워서 이런 학교에 아들딸 보내겠어요? 교육청에다 신고할 거예요!"

"아줌마, 지금 두 대 때렸죠?"

"뭐? 선생님, 지금 들으셨죠? 저게 깡패지! 너 이놈 새끼! 아주 단단히 걸렸어! 니가 우리 딸 때리고도 무사할 줄 알아?"

피식.

지영은 또 웃었다.

우리 딸을 때리고도 무사하겠냐고?

"그럼 그쪽 딸이 제 친구 때린 건요? 그쪽 딸은 무사할 것 같아요?"

"우리 딸이 누굴 때려? 흥! 맞을 만했으니까 때렸겠지!"

하하, 정말 기도 안 차는 아줌마다.

제 자식만 귀하고 남의 집 자식은 귀하지 않은, 너무나 이기적인 마인드. 이런 건 정말 싫은 지영이었다.

복장을 보니 제법 사는 것 같았다. 명품을 온몸에 처바른 수준은 아닌데, 그래도 서민이 사 입기에는 부담스러운 메이커의 옷과 가방이다. 그리고 머리도 굉장히 단정하게 말아 올렸다. 민아를 따라 샵에 다녀본 지영이다. 그래서 저런 머리는 혼자서는 절대로 못 올린다는 것도 알고 있었다.

'이래서 가진 것들이란……'

옛날이나 지금이나 뭐 하나 변한 게 없었다.

"너너! 니네 부모님 뭐 하시니? 엉! 당장 학교로 불러! 선생님! 뭐 하시는 거예요! 얼른 불러서 사과부터 시키고 경찰서를 보내든 해야 되는 거 아니냐고요!"

"아, 그게 어머님… 일단 진정 좀 하십……."

"내 딸이 맞았는데 진정하겠냐고요, 지금!"

쩨액!

몸매 관리는 잘했으면서 왜 돼지 멱따는 소리를 내는 건지 지영은 이해가 안 갔다.

"너! 당장 전화해서 부모님 달려오라고 해! 얼른!"

"그럴까요?"

지영은 속내를 숨겼다. 선생님이 안절부절못하는 사이, 쾅! 교무실 문이 벌컥 열렸다. 그리고 들어서는 중년의 사내. 추위도 안 타는지 반팔티를 입고 있었고, 드러난 팔뚝에는 문신이 가득했다.

'도화지냐? 쯔쯔.'

지영이 그런 생각을 하는 찰나, 소리를 꽥꽥 지르던 여자가 '여보!' 하면서 사내의 팔에 매달리는 게 보였다. 사내의 등장에 속속들이 학교에 오시던 학부형들이 어흠, 하며 한쪽으로 조용히 서기 시작했다.

'호······.'

깡패구나?

지영은 자신의 행동이 잘못됨을 알고는 있었다. 현대사회의 법을 그대로 따라가자면 지영도 분명 폭력을 행사했으니 잘못이 없는 건 아니었다.

"너냐? 니가 우리 민주 때렸냐?"

상급생의 이름이 민주인가 보다.

"네, 제가 때렸어요."

"허, 이 새끼 보시게? 야, 야."

머리를 손가락으로 툭툭 미는데, 아오… 이게 기분이 확 더러워졌다. 그러나 지영은 겉으로는 웃었다. 지영은 부모의 후광을 등에 업고 설치는 부류를 제일 싫어했다. 하지만 이번만큼은 자신의 부모가 공직에 계시다는 것에 안도했다. 그리고 그 후광을 이번만큼은 자신도 등에 업기로 했다. 그런 지영의 악마 같은 속셈을 모르고 민주의 아버지란 자는 계속 지영의 이마를 툭툭 밀쳤다.

"웃어? 웃겨? 야, 니 아부지 뭐 하시냐? 엉?"

"저희 아버지요?"

"그래, 니 애비. 근데 이 새끼 말 뽄새 보소? 쌍놈 새끼가."

확, 하면서 손바닥을 들어 올리는 순간, 드르륵! 교무실 문이 다시 열렸다. 그리고 들어서는 지영의 아버지 강상만. 강상만도 아침저녁으로 매일 운동을 해서 그런지 건달보다 훨씬 체구가 좋았다. 그런 그가 들어서니 교무실이 꽉 차는 느낌까지 들었다.

'마침 근처에 계시다더니 어머니보다 빨리 도착하셨네.'

다행이었다. 어머니가 오셨으면 좋지 않은 꼴을 볼 뻔했으니까. 들어선 강상만은 바로 민주 아버지 앞으로 다가왔다.

"늦어서 죄송합니다. 강지영 학생 아버지 강상만입니다."

"당신이야? 이 싸가지 없는 새끼 애비가?"

"네."

"애 교육을 시벌, 어떻게 시키는 거야? 엉?"

"죄송합니다."

강상만의 시선이 지영에게 쑥 넘어왔다.

"지영아, 네가 잘못했냐?"

"아니요, 저분 딸이 민아 뺨을 먼저 때렸어요. 그리고 저도 때리려고 해서 안 맞으려고 덤볐어요."

"그 말 사실이지?"

"네."

하늘을 우러러 한 점 부끄러움 없는, 100%짜리 진실이다. 그 대답을 들은 이후에야 어깨를 펴는 강상만. 그 대답이 짜증 났는지 깡패가 강상만의 앞에 서서 으르렁거렸다.

"아, 됐고, 시발, 당신 뭐 하는 인간이야? 확 그냥, 내가 인생 아주 불행하게 만들어줄라니까."

"이런 사람입니다."

조용히 명함만 내미는 강상만. 지영은 그 명함을 본 적이 있었다. 모든 단어가 똑같진 않겠지만 아마 이렇게 적혀 있을 것이다.

(서울중앙지방 검찰청 특수부 부장검사 강상만)

절대 카드 발동이다.

"아……."

명함을 손에 쥔 채 신음을 흘린 민주 아버지의 핏기가 서서히 가셨다. 지영은 조용히 안도했다. 비록 부모의 힘을 등에 업었지만 이건 정말 어쩔 수 없다고 스스로 자위했다. 그러면서 드는 생각. 너무나 많이 떠올려 이젠 마모되어 가루가 되는 게 아닐까 하는 생각.

'아… 빨리 성인이 되고 싶다.'

이 작은 몸. 역시 불편한 게 한두 가지가 아니었다. 성인이었다면 이렇게 부모님의 후광으로 일을 처리하진 않았을 거다. 그게 못내 마음에 안 드는 지영이었다. 민주 아빠가 강상만에게 고개를 푹 숙이는 순간, 임미정이 도착했다. 그리고 그녀의 등장으로 지영이 친 사고는 채 1시간이 지나기도 전에 정리가 됐다.

chapter5
충무로 공주님

스케줄 없는 날, 지영은 보통 집에서 꼼짝도 하지 않는다. 두 분 다 늦게 들어오시니 저녁도 대충 혼자 차려 먹는다. 그럼 저녁을 먹은 이후에는? 단조롭다. 식후 운동, 샤워 후 독서로 끝난다. 그중 가장 많은 시간을 투자하는 건? 운동? 독서? 둘 다 아니었다.

　'이 정도로 괜찮을까?'

　바로 자신의 삶에 대한 모든 잡다한 생각에 잠기는 시간이 가장 길었다. 인간은 보통 답이 정해지지 않은 삶을 살지만 자신만은 어떤 삶이건 방향이 정해져 있다. 그걸 지영은 명령이라 불렀다.

　'두 번의 명령. 이번 삶은 확실히 이상해.'

아이답지 않게 살란 명령을 받은 이후, 지영은 이러한 생각을 굉장히 많이 해왔다. 첫 번째 삶부터 마지막 삶까지. 인생을 통틀어 명령은 딱 한 번만 내려왔었다. 그리고 지영은 그 명령을 따랐다.

죽음이란 또 다른 시작에 대항하기 위해.

그런데 이번 삶은 확실히 이상했다.

마지막의 마지막까지 명령이 완수됐다는 감각은 전혀 받아 보질 못했었다. 그런데 이번 삶엔 명령의 완료 감각이 왔고, 삶은 이어졌다. 그리고 기다렸다는 듯이 두 번째 명령이 떨어졌다. 이것만 해도 이전의 삶과는 완전히 다르다.

'나를 분명 이렇게 조종하는 존재가 있을 텐데 뭘까, 대체 나한테 뭘 원하는 걸까?'

수천, 수만, 아니, 수십만? 수백만?

끝없이 궁리했던 질문.

"하, 미치겠다. 뭘 원하는지만 알아도 어떻게 발악이라도 해 볼 수 있을 텐데."

여덟 살 어린이의 입에서 툭 나온 말. 누가 들었으면 뭐 이런 애가 다 있지? 하며 놀란 눈으로 바라볼 말이었다. 그러나 당연히 이 말을 들을 수 있는 사람은 아무도 없었다. 혼자 있는 방 안에서 한 말이니까.

후우, 한숨과 함께 노트를 덮은 지영.

더 이상 쓸 게 없었다.

"이번 삶은 확실히 다르니까, 착실히 가다 보면 분명 전과는 다르게 이정표가 나올 거야."

그래, 지금으로서는 그것밖에 믿을 게 없었다. 하아, 또 애늙
은이처럼 한숨을 내쉬는 지영. 타이밍 좋게 지이잉! 폰이 울렸
다. 임미정에게 온 메시지였다.

[아들! 엄마 지금 들어가! 뭐 먹고 싶은 거 없니?]

어머니의 귀가 알림 메시지임과 동시에 야식 메뉴 결정 메시
지였다. 지영은 잠깐 생각하다가, '도넛 먹고 싶어요' 하고 짧게
적어 보냈다. 원래 늦은 밤에 뭘 잘 먹진 않았다. 하지만 이렇
게 답을 해줘야 임미정이 안 서운하다는 걸 알아서 어쩔 수 없
이 나온 대답이었다.

지잉!

금방 사갈게! 하는 답 메시지에 다시 조심히 오세요, 하고 대
답을 적고 전송 버튼을 누르려는데, 잠시 폰이 멈추더니 이내
모르는 번호로 전화가 왔다. 지영은 받을까 말까 했다. 이 번호
를 아는 사람은 극소수라 누군지 궁금증이 생기긴 했다.

'전화 받는 게 뭐 큰일로 번지는 것도 아니고.'

큼큼.

목을 다듬은 지영은 통화 버튼을 눌렀다.

"네, 강지영입니다."

ㅡ아? 풉! 아하하!

여자의 목소리였는데, 그게 중요한 게 아니었다.

웃어?

웃겨?

지영의 인상이 자연히 찌푸려졌다. 그리고 동시에 전화를 끊었다. 누군지 몰라도, 예의 없는 사람과 통화를 나누고픈 마음은 조금도 없었다. 그런데 끊기 무섭게 전화가 다시 울렸다. 같은 번호였다. 인상을 아직 펴지 않은 지영. 받지 않았다. 그러자 바로 끊겼다가, 메시지가 왔다.

지잉.

[미안해, 나 신은정 작가야.]

아, 지영은 그제야 누군지 알고 다시 걸려온 전화를 받았다.

"네."

─미안, 미안. 지영이가 전화 받는 게 너무 예상 밖이어서 내가 무례하게 웃었네, 호호.

"괜찮습니다. 늦은 시간인데 웬일이세요?"

뭐, 그렇다는데 더 뭐라 할 수는 없으니, 바로 용건으로 들어가는 지영. 현재 시각이… 대략 저녁 9시 5분 전이다. 상당히 늦은 시간에 전화라, 분명 용건이 있으리란 예상이 충분히 가능했다.

─지영이가 잘 지내고 있나 확인차 연락해 봤지. 나에게 전에 없는 대대적인 대본 수정을 하게 만든 장본인인데, 다치거나 하면 곤란하잖아?

"아, 그렇긴 하네요. 저는 괜찮아요. 잘 지내고 있어요."

─후후, 꼭 그래줘야 해? 아, 맞다. 대본 수정, 내일 하루만 더 하면 끝나. 이것저것 복잡한 절차 밟고 나면 삼 일 뒤엔 촬영에 들어갈 거야.

"네, 스케줄 비워둘게요."

―푸흡, 그래. 꼭 스케줄 비워놔?

"네. 그럼 말씀 끝나신 거죠? 이제 어머니 오실 시간이라."

―응, 끝났어. 삼 일 뒤에 봐.

"네."

뚝, 도대체가… 누가 들었어봐라. 어이가 없어 한참을 멍하니 바라봤을 만한 통화였다. 그러나 정작 장본인은 덤덤했다. 그에겐 너무나 당연한 통화였으니까. 게다가 어차피 시대의 명령도 아이답지 않게니까, 부담스럽지도 않았다.

지영은 슬슬 어머니가 올 시간이라, 거실로 나가 TV를 틀었다. 그리고 예능 채널로 맞췄다. 아이답지 않게란 명령은 조금 어기겠지만 아직 두 분에게는 애 같은 모습을 조금은 보여줄 필요가 있었다. 왜? 기뻐하시니까. 특히 지영이 뭘 사달라고 하면 그때 제일 좋아하신다.

'후, 얼른 크고 싶다.'

하지만 솔직히 아이다운 행동은 지영에겐 상당한 스트레스였다.

＊　　　　　＊　　　　　＊

지영과 전화를 끊은 신은정 작가는 피식피식 흘러나오는 웃음을 참질 못했다. 첫 통화였다. 연락처야 계약서에 있었기 때문에 전화를 거는 건 어렵지 않았다.

"네, 강지영입니다… 푸흡."

그 전화 받는 인사가 대체 어딜 봐서 일 학년짜리가 보여줄 인사인가. 그런데 신기하게, 그게 하나도 어색하게 들리지 않았다. 너무 예상도 못 해 웃긴 했지만 지금 생각해 보면 너무나 당연하다는 듯이 몸에 익은 인사였다. 만약 자신의 아들이 그랬다면 빨리 고치라고 난리를 쳤을 인사인데, 지영이 하니 하나도 어색하지 않았다.

신은정은 그런 지영이 참 신기했다.

"도대체… 어디서 떨어진 거니?"

이 주.

갑자기 톡 튀어나온 강지영이라는 아이는 신은정의 데뷔 이후 전례 없던 대대적인 대본 수정을 감행하게 만들었다. 딱 한 신이었다. 딱 한 신에서 보여준 강지영의 어마어마한 존재감.

"게다가 당돌하게 애드립까지 쳐?"

당시 지영의 본래 대사는 그게 아니었다. 신은정은 당시 찍은 영상을 틀었다. 앞으로 쭉쭉 당기자 '갈!' 하고 소리치는 지영의 대사가 시작됐다.

"갈? 그런 대사는 넣지도 않았어."

원래 대사는, 네 이년! 예가 어디라고 그 천한 주둥이를 놀리느냐! 딱 이 두 줄이었다. 그런데 지영은 그 이후, '이곳이 어디라고, 감히… 하찮은 여인 따위가 목소리를 높이는 것이냐' 이렇게 바꿔 대사를 쳤다.

최초에 신은정은 그렇게 대사를 쓸까도 생각했었다. 하지만 쓰지 않았다. 하찮은 여인. 이 단어가 주는 거부감 때문이었다. 자신이 여인이기 때문에 하찮은 여인, 혹은 여성 폄하 단어를 아예 넣지 않았다. 그리고 넣었다면 분명 또 인터넷에서 길길이 날 뛸게 충분히 예상됐기 때문이기도 했다.

그런데 지영은 그걸 즉흥 애드립으로 바꿔서 대사를 쳤다. 만약 다른 배우가 이렇게 쳤다면 아마 지랄 났을 거다. 애드립에 그리 관대하지도, 박하지도 않은 신은정이지만 아예 대사를 저렇게 뜯어고치는 건 그녀가 생각하는 기준을 넘어서기 때문이다. 그런데 그녀는 지영의 애드립이 전혀 고깝지 않았다.

"너무 어울리니까… 후후."

화면에 담긴 것.

서릿발 같은 기세?

아니었다.

영상 자체로 보는 것도 장난 아니긴 하지만 당시 현장에 있던 신은정은 확실하게 느꼈다. 그 차가운 눈빛. 감정을 싹둑 제거해 이성과 본성 둘 다 난도질하던 그 눈빛을. 그 눈빛과 대사가 맞물리니… 알 수 있었다.

"폭군……."

숙의 캐릭터는 차갑긴 하지만 폭군은 아니었다. 저런 눈빛, 광기는 보통 연산군, 수양대군 등등 정통 연기파 배우가 연기하는 폭군의 눈빛이었다. 하지만 그들의 눈빛도, 고작 여덟 살 강지영의 눈빛을 넘어서지 못할 것이다.

아니, 솔직히 강지영의 눈빛과 기세는 단언컨대, 그녀의 영화

인생 통틀어 처음 보는 성질의 연기였다.

그래서 신은정은 남편 박종찬과 그날 하루 종일 상의를 했다. 대본 수정. 본래 어린 시절 숙의 분량은 얼마 되질 않는다. 다 합쳐도 총 삼사 분 정도일까? 아니, 어쩌면 그보다 더 적을 수도 있었다. 그러나 강지영이란 인간의 연기를 봤다. 나이를 떠나 신은정의 영혼에 짙게 각인되는 그런 연기였다. 그런데 저걸 그냥 보내? 이대로? 아까워 죽겠는데?

"그럴 순 없지, 후후."

미친 사람처럼 혼자 생각하고 혼자 답하는 신은정의 모습은 확실히 정상은 아니었지만, 이 정도야 그녀가 작업에 매진할 때 나오는 전형적인 버릇이라는 걸 아는 사람은 알고 있었다. 뭐, 신은정의 상태가 어떻든 중요한 건 그녀가 남편을 설득했고, 투자사도 설득하고, 배우들 소속사도 필사적으로 설득한 다음 대본 수정에 들어갔다는 점이다. 물론 촬영이 중단되는 건 아니었다. 회상 신 말고, 본 이야기라 할 수 있는 성인 배우들의 신을 찍고 있었다. 물론 그중에서도 크게 비중 없는 것들로만.

수정본이 완성되면 숙의 분량이 는다. 덩달아 모낭여, 순의 역할도 늘어난다. 길어야 5분 정도가 더 늘어나는 분량이겠지만 신은정은 이 안에 강지영이란 배우의 진가를 최대한 담아 넣고 싶었다. 다만 걱정되는 게 있었다.

"이거… 다른 배우들이 버티려나? 천하의 송지원에게 명령을 내릴 정도의 연기를 하는 앤데?"

성인 역할 배우들이 지영에게 잡아먹힐 것 같은 불안감이 있었다. 다들 쉬쉬하지만 신은정을 포함한 많은 사람이 봐버렸다. 그날, 현장 분위기를 맛보고 싶어 모낭여의 성인 역할을 맡은 송지원이, 대한민국을 대표하는 탑배우 송지원이 지영의 손짓에 들고 있던 물병을 갖다 바친 사실을.

그건 쇼크였다.

당시에는 그냥 본 건데, 나중에 정신을 차리고 떠올렸더니 억… 소리가 절로 나오는 광경이었다.

송지원은 만만한 배우가 아니다.

그녀는 연기력만큼 아우라가 장난이 아닌 배우였다. 연기의 폭이 굉장히 넓고, 어떤 배역에 던져놔도 제 몫 이상을 해내는 배우가 바로 송지원이다. 영화제 대상? 공중파 연기 대상? 죄다 탔다. 몸값이 억 소리 나는 배우고, 송지원은 자신의 위치가 어떤지 정확히 안다. 그렇다고 뻗대거나 하진 않지만 자신의 위치에서 할 수 있는 거의 모든 것들을 누리는 배우다. 그게 송지원이다.

그런 그녀의 별명은? 충무로의 공주님이시다.

"그런데 그런 송지원이, 천하의 송지원 공주님이 고작 여덟 살짜리 꼬마한테 기가 눌렸다는 거지, 후후후."

송지원을 누른 강지영인데, 다른 배우들은? 잘못하면 연기 그 자체에서 잡아먹힐까 봐 지금 신은정의 가장 큰 걱정이 바로 그 부분이었다. 한 번인데 너무 확신하는 게 아니냐고? 그래, 신은정은 딱 한 번이지만 확신하고 있었다.

"내가 괴물을… 뽑은 거야, 우후후."

그 사실이 즐거워 미치겠는 신은정이었다.

드르륵!

울리는 진동에 신은정이 잠깐 멈칫했다, 인상을 찌푸렸다. 혼자만의 즐거운 상상이 날아갔다. 누구야, 하는 생각에 액정을 보니 남편이었다. 남편이면 뭐, 하는 마음에 인상을 편 신은정이 전화를 받았다.

"네, 당신. 촬영은 잘하고 있어? 나? 나야 똑같지 뭐. 아아, 걱정 마. 거의 마무리야. 그 아이의 최대치를 뽑을 장면으로만 채워보려고. 그런데 오늘 밤샘 촬영이라 하지 않았어? 왜, 뭔 일 있어? 무슨 일인데? 응, 응. 그래서? 아아, 어… 어? 뭐? 진짜? 하… 뭐 일단 그녀를 믿어봐야지. 공주님이 지금까지 경우 없게 행동한 적은 없었잖아? 응, 알았어. 그 얘긴 내일 들어오면 마저 하자. 응, 고생해, 당신. 쪽."

전화를 끊은 신은정.

그녀는 등골을 타고 스멀스멀 엄습하는 불안감을 느꼈다.

"에이, 안 그러겠지?"

뭘 안 그런다고 하는 걸까?

에잇, 애써 머리를 털고, 불안을 부정하며 다시금 대본을 들여다보는 신은정. 하지만 그녀가 부정한 불안은 현실이 되고 있었다. 먼저 촬영이 끝난 공주님을 태운 벤이 고속도로를 타고 서울로 맹렬히 달려오는 중이었으니까. 그러한 사실을 조금도 모른 채 신은정은 자정이 넘어서야 대본 수정을 완전히 끝냈고, 이후… 십 년 가까이 묵혀두었던 또 다른 대본을 열었다. 그 대본의 겉장에는 이렇게 적혀 있었다.

로빈쿡.
돌연변이.

대본을 바라보는 신은정의 눈빛은 그 어느 때보다 빛나고 있었다.

신은정과 통화를 한 다음 날도 지영의 하루는 크게 변함이 없었다. 아침에 일어나 운동을 하고, 아침을 먹고, 그리고 민아와 함께 등교. 등교 이후에는 이미 머릿속에 다 들어 있는 초등 지식이라 따분함에 몸서리쳐 가며 수업을 받았다.

'아……'

솔직히 지영은 이 학교생활이 답답했다. 저번에 사고로 더욱 절실하게 느꼈다. 이곳은 자신과 너무 어울리지 않는 장소라는 사실을. 하지만 그만둘 수도 없었다. 두 분 부모님이 반드시 초중까지는 다녀야 한다고 말했었기 때문이다. 눈에 넣어도 아프지 않을 자식이지만 엄할 때는 엄하신 두 분이다. 두 분 다 사회 정의를 위해 일하시는지라 당연한 일이기도 했다. 이전에 친 사고 아닌 사고 때문에 요즘은 지영도 두 분의 눈치를 안 볼 수가 없었다.

그래서 어제 했던 한탄이 또 나왔다.

"아, 빨리 성인이 되고 싶다……."

"웅? 지영아, 뭐라 그래쪄?"

요즘 촬영을 쉬다 보니 민아의 혀가 또 매우 꼬부라진다. 지영은 그런 민아의 말에 그냥 '아니야, 아무것도' 하고 답한 뒤에 노트를 끄적거렸다. 쉬는 시간. 이제 2교시가 끝났다. 화장실은 이미 갔다 온 지영은 무료해졌다. 그래서 그냥 조용히 사색에 잠기려 하던 지영의 눈에 뭔가 평상시와는 다른 이질적인 공기가 잡히기 시작했다.

'음?'

뭔가 달랐다.

평소와 다르게 뭔가… 조용했다.

'뭐지? 뭐가 이상하긴… 아하?'

아주 잠깐의 고민 끝에 지영은 뭐가 달라졌는지 파악했다. 너무 조용했다. 원래 쉬는 시간이면 애들이 민아한테 다가와 쫑알쫑알대야 정상이거늘, 오늘은 완전히 조용했다.

'흠……'

반을 돌아보던 지영은 그 이유 또한 깨달을 수 있었다. 얼마 전 사건, 민주인가 뭔가 하는 여학생의 동생이 저 중에 있을 테니 이러한 상황은 이상한 것도 아니었다. 분명 집에서는 절대 건드리지 말라고 했겠지만 그런 걸 들을 심성 같았으면 애초에 그렇게 나오지도 않았을 거다. 그러한 사실을 깨닫자마자 피식, 헛웃음이 흘러나왔다.

'하여간 이래서 애들은……'

큭큭.

지영은 숨죽여 웃었다.

발칙하지 않은가?

머리에 피도 안 마른 정도가 아니라, 그야말로 지영에겐 갓 난쟁이 수준의 꼬맹이들이 지금 자신을 따돌림시키려 하고 있다는 게? 지영은 민아를 슬쩍 돌아봤다. 역시 민아는 그냥 노트를 들여다보며 '우웅, 이게 뭐여찌?' 하며 혼잣말을 중얼거리고 있었다. 감이 좀 무딘 편인 민아는 아직 눈치챈 기색이 아니었다.

'나는 괜찮다 쳐도 민아가 문젠데.'

저 꼬맹이들이 자신을 따돌려 준다면 지영의 입장에서야 만세를 부를 일이다. 하지만 민아의 입장에서는 당연히 만세가 아니다. 어쩌면 정말 상처를 받을지도 몰랐다. 4년. 그 기간 동안 거의 매일을 봐왔던 유민아. 솔직히 이제는 정말 동생처럼 느껴졌고, 마음 고생 하는 걸 지켜보고 싶진 않았다.

'그나저나 요즘 꼬맹이들은 진짜 빨리도 영악해지네.'

이제 겨우 초등학교 1학년 꼬맹이들이 서로 짜고 학생 하나를, 아니, 둘을 따돌림 시킨다? 1학년이면 민아처럼 본능에 의해 말하고, 행동하는 게 보통이다. 실제로 스무 명 가까이 되는 반 아이들 중 태반이 본능으로 움직인다. 이성적인 사고에서 나오는 말과 행동이 아닌, 당장 하고 싶은 것, 말하고 싶은 것을 한다.

근데 그중 몇몇은 달랐다.

아무리 조숙하다고 해도, 이건 좀 빨랐다.

'요즘 성조숙증이 문제라더니, 저것들이 딱 그 케이스네.'

남아보다는 여아에게 특히 문제가 되는 성조숙증. 뭐 어쨌든, 아직은 민아도 잘 모르고, 언제까지 갈지도 모르니 일단 나서지는 않기로 했다. 하지만 지영은 부디 저 꼬맹이들이 금방 지치기를 바랐다. 제 풀에 지쳐 떨어져 나가기를 바랐다. 민아가 눈치채기 전에. 민아가 상처받기 전에.

'그땐 아마 각오해야 될 거야.'

천 번의 삶, 아니, 이전의 삶만 따져서 999번의 삶. 그 삶 속에서 지영은 명령을 거스르는 게 아니라면, 자신에게 닥쳐온 폭력을 결코 좌시하지 않았다. 그러니 이번에도 마찬가지다. 꼬맹이라 손을 쓰진 않아도, 분명 저 관계를 무너뜨려 버릴 생각 정도는 있었다.

딩딩딩, 딩!

3교시 시작을 알리는 종이 울리고, 담임 송정아가 들어와 자리에 앉으라고 한참을 말하고 나서야 끼리끼리 모여 있던 아이들이 자리에 앉았다. 역시 꼬맹이들. 말을 지지리도 안 듣는다. 지영은 교과서를 보는 척하다가 창밖으로 시선을 돌렸다.

'아… 지루하다.'

이번 시간은 국어 시간.

말하기와 듣기, 쓰기가 거의 전부인 과목. 지영에게는 전혀 도움이 안 되는 과목이었다.

*   *   *

"누구세요?"

지영은 막 교문을 나서는데, 자신을 막아서는 한 여성을 올려다보며 물었다. 키는 대략 170 전후, 검은색 바지 정장을 차려 입은 여성의 등장은 무료해하던 지영에게 경계심을 심어주기 충분했다.

게다가 무술이라도 익혔는지 아주 제대로 단련된 육체미를 뽐내고 있다. 직감적으로 알 수 있었다. 이 여성이 나쁜 마음을 먹고 덤벼들면 아직 여물지 못한 자신의 몸으로는 절대 대항할 수 없다는 걸.

하지만 다행히도 자신의 날 선 질문에 나온 여성의 답에는 호의가 담겨 있었다.

"강지영 학생이죠?"

"네, 그런데요?"

"아, 반가워요. 저는 이런 사람이에요."

"음."

뒤에서 '지영아, 누구야?' 하며 민아가 떨리는 목소리로 작게 물어왔다. 지영은 맞잡은 손에 힘을 슬쩍 줘서 민아를 달래주고는 검은 정장의 여성이 준 명함을 살펴봤다.

〈보라매 엔터테인먼트. 실장 김윤경〉

보라매 ENT.

연예계에 관심 없는 지영도 심심찮게 들어본 이름이었다. 배우 쪽으로는 우리나라에서 가장 단단한 회사가 바로 보라매 ENT다.

'회사 이름이 특이해서 기억에 더 남긴 했지.'

회사 사장이 매를 좋아해서 그런 이름이 됐다고 하는 썰 아닌 썰도 들었다. 그런데 강지영이란 인간은 이런 명함 한 장 준다고 덜컥 믿을 정도로 어리숙한 아이가 아니었다.

"못 믿겠어요."

"아, 그래요?"

명함을 돌려주며 나온 지영의 말에 김윤경은 당황하지 않았다. 이어 명함을 받는 대신 폰으로 사진을 띄워 보여줬다.

"음… 송지원 배우네요? 이분은… 실장님이 맞는 것 같고, 흠."

김윤경이 드라마나 영화에서 심심찮게 봤던 송지원과 함께 찍은 사진을 보여주자, 의심 어린 눈빛을 조금은 지우는 지영. 그러나 머릿속으로는 이미 깨닫고 있었다.

'민아의 성인 역 배우가 송지원이었지. 믿어도 되겠네.'

여길 어떻게 찾아왔냐는 의문이 남긴 하지만 그거야 지영이 그동안 파악한 현대사회라면, 지영이 다니는 학교를 찾는 일은 일도 아니었다. 그냥 인터넷에 아역 배우 유민아 초등학교 입학. 이렇게만 쳐도 바로 나올 테니까.

지영의 시선이 김윤경의 뒤, 도로가에 서 있는 은색 밴으로 넘어갔다.

'타고 있겠네. 근데 왜 찾아왔지?'

실장 혼자 움직였다면 저 기름 잡아먹는 밴을 끌고 나왔을 리가 없었다. 당연히 안에는 연예인이 타 있을 테고, 송지원 담당이면 송지원이 타고 있을 거라는 예상쯤이야 충분히 가능했다.

"그런데 무슨 일이세요? 민아 찾아왔어요? 민아는 소속사 있는데."

"아니요. 오늘은 강지영 군 찾아왔어요."

"저요? 왜요?"

"호호, 지영 군을 보고 싶어 하는 사람이 있어서요."

김윤경의 정중한 말에 지영은 그냥 고개만 살짝 끄덕였다. 띠링. 그때 김윤경의 폰이 울렸고, 메시지를 확인한 김윤경이 짧게 고개를 저으며 혼잣말을 흘렸다. 그 혼잣말은 '으이구, 성질 급한 것' 정도로, 작은 중얼거림이었지만 지영은 똑똑히 들었다.

"지영아… 히잉, 집에 안 가?"

민아가 뒤에서 보채는 소리가 들려왔다.

"괜찮아, 옆으로 나와서 서도 돼."

"진짜?"

"응."

"아라쩌……."

민아는 순순히 지영의 옆으로 나와서 섰다. 지이잉. 그리고 민아가 옆에 서기 무섭게 밴의 문이 열렸고, 그 안에서 어딘가 익숙한 패션을 한 여성이 내렸다. ADDS의 검은색 롱 패딩, 모자, 마스크, 선글라스.

'어디서 봤더라?'

기억력 좋은 지영이지만 순간적으로 바로 기억해 내지 못했다. 그러는 사이 성큼성큼 걸어온 정체불명의 여인이 마스크와 선글라스를 벗었다. 벗어나며 드러나는 외모. 학교 정문에는 벚꽃 나무가 없는데 벚꽃이 갑자기 만개했다. 상큼하면서도 이질적일 정도로 화사한 외모. 지영이 순간적으로 송지원의 얼굴을 보고 든 감상이었다. 지영에게 그런 감상을 이끌어낸 여인, 송지원이 무릎을 굽혀 민아와 눈높이를 맞추고는 싱긋 웃으며 말했다.

"민아, 안녕? 저번에 리딩장에서 봤었지?"

"어? 지원 이모다!"

빠직……

…하는 소리를 지영은 들은 것 같았다. 그리고 눈매가 미세하게 떨렸던 것도 확실하게 봤다.

"호, 호호. 민아야, 언니, 언니라고 해야지?"

"웅! 이모!"

"……."

역시 유민아…….

단박에 충무로의 공주님이라는 송지원을 침몰시켰다. 천진난만한 웃음과 함께 민아가 송지원의 품에 안겼다.

"후웅, 히히. 향기 죠아!"

"호, 호호호."

송지원은 능숙하게 민아를 토닥거려 준 다음, 지영을 바라봤다. 지영을 바라보는 충무로 공주님의 눈빛이 지나치게 반짝거리고 있었다. 부담스러울 정도였다. 그리고 뭔가 의미심장한 미소까지 그리고 있었다.

"잠시만요."

지영은 폰을 꺼내 일단 어머니께 전화를 드렸다. 용건은 간단히, 누가 찾아왔는데 조금 있다가 집에 들어간다는 내용이었다. 이어서 민아의 매니저 서소정에게 전화를 걸었다. 송지원이 찾아왔다, 용건이 있는 것 같다, 어떻게 하냐, 정도로 말한 다음, 아직 손에 쥐고 있는 김윤경 실장의 번호를 알려줬다.

그 일련의 행동을 김윤경과 송지원은 좀 병쩐 표정으로 바라봤다. 어이가 쭉 빠져나간 얼굴이었다. 김윤경이 잠시 서소정과 통화를 하더니 지영을 바꿔줬다. 같이 움직여도 된다는 뜻. 지영은 알았다고 답한 후 다시 폰을 건네줬다. 그리고 잠시 뒤 통화 종료. 김윤경이 자신을 바라보고 있던 송지원에게 고개를 끄덕였다. 그러자 그녀의 시선이 다시금 지영에게 넘어왔다.

"잠깐 시간 좀 내줄 수 있을까?"

"왜요? 용건을 설명 안 해주셨어요."

"호호, 그랬네. 음, 내가 지영이를 찾아온 이유는……."

"……."

뭔가 의미심장한 웃음.

그녀의 싱그러우면서도 화사한 벚꽃 같은 미소가 피어난 후

다시 입이 열렸다.

"너의 연기 때문이야."

"음……."

"나 누군지 모르겠니?"

"잘……."

"이래도……?"

송지원이 다시 마스크와 선글라스를 꼈다. 그런 송지원의 얼굴을 빤히 바라보던 지영은 순간적으로 이번 생에 처음으로 명령을 던졌던 대상을 떠올렸다. 숙, 아니, 이건이 되었던 날, 그날 계단을 내려오며 물을 달라고 했던 여인.

그 여인이었다.

"아……."

"기억났구나?"

"아하하… 네."

씨익.

지원의 대답에 송지원이 싱긋 웃었다.

그리고 그대로 지영에게 손을 천천히 뻗었다.

"널 다시 만나면 하고 싶은 말이 있었거든? 그게 진짜진짜 유치한 말인데, 해도 될까? 아니, 꼭 좀 들어줄래?"

피식, 뭔 말인지 알겠다.

"해봐요."

후후후.

낮은 웃음 뒤에 싱그럽게 날아오는 목소리.

"다오."

역시나.

그날, 자신이 송지원에게 했던 말이었다. 아아, 짧은 신음과 함께 김윤경이 슬그머니 고개를 돌려 버렸다. 원래 쪽팔림은 항상 타인의 몫이라더니, 그 말도 역시 틀린 말은 아니었다.

*　　　　*　　　　*

밴을 타고 30분을 달려 도착한 곳은 그녀의 회사였고, 목적지는 회사 내 그녀의 개인 연습실이었다. 우연인지 웃기게도 도로 건너편에 임미정의 회사가 있었다. 그래서 메시지 하나를 넣어놓고, 지영은 송지원에게 바로 물었다.

"여기서 이제 뭐 하게요?"

"응? 아, 연기 연습할 거야."

"연기 연습이요?"

"응응."

송지원은 아주 당연하다는 듯이 지영에게 연습을 하자고 했고, 민아는 그럼 '저는여? 저는 머 해여?' 하고 송지원에게 물었다. 그녀는 힐끔 김윤경을 바라봤다. 그녀의 눈길에 다가온 김윤경이 민아에게 다가와 언니랑 놀까? 하고 민아의 손을 잡았다. 그러자 민아는 잠깐 고민하다가 어쩐 일로 '네, 이모!' 하고 활기차게 대답하곤 잠시 휘청거리던 그녀를 따라 밖으로 나갔다.

그렇게 연습실에 둘만 남은 상황.

'아… 어색하네.'

근데 다짜고짜 연기 연습이라니, 이 부분은 솔직히 좀 의문이다. 오면서 폰으로 송지원에게 대해 좀 알아봤다. 타고난 여배우. 액션 쪽으로만 좀 부족하지, 그 외의 부분에서는 거의 완벽에 가까운 연기를 구사한다고 했다. 그리고 캐릭터 설정이 비슷해도 자신만의 색을 확실하게 덧입히는 게 가능한 메소드 연기의 달인 정도가 송지원에 대한 평이었다. 근데 그런 송지원이 자신과 연기 연습을 하고 싶어 학교까지 직접 찾아왔다? 누가 들었으면 콧방귀도 뀌지 않았을 말이었다. 그래서 그에 대한 의문이 바로 튀어 나갔다.

"근데 누나가 저한테 배울 게 있어요? 저 이제 일 학년인데."

"후후, 지영이가 남들과 다르다는 걸 누나는 잘 알아. 내가 이 바닥에서 몇 년을 있었는데 너 같은 물건을 몰라보겠니?"

"그렇다 쳐도, 저랑 연습해서 남는 게 뭐가 있어요? 보니까 누나랑 저랑 부딪치는 신도 없던데."

"응, 없지. 하지만 너 때문에 숙의 캐릭터가 변했어. 그런데 숙 역할을 맡은 배우가 연기를 좀 하거든? 그래서 밀리지 않고 싶어서 준비를 좀 하고 싶은 거야."

"음……."

하긴, 신은정에게 대충 들었다. 만약 그녀의 말처럼 숙에 대한 설정에 변화가 있다면 분명 그녀는 당시 지영이 보여줬던 기세에 맞춰 캐릭터를 수정할 것이다. 그렇게 되면 성인 역할 숙 역시 변해야 했다.

차갑지만 내 여자에게 따뜻한 캐릭터가 차가움 속에 광포한 폭군의 기질을 숨기고, 내 여자를 차지하기 위해 수단과 방법을 가리지 않는 숙으로 변해 버렸다는 뜻이었다. 차가운 기질이란 것만 비슷할 뿐 이 정도면 거의 다른 캐릭터라 봐도 무방했다. 이러한 변화는 모두 지영 때문이었다.

"그래서 덩달아 모낭여의 캐릭터도 변해야 했지. 그걸 전달받은 게 일주일 전인데, 그동안 연습해 온 것에 나도 덧붙여야 할 게 있거든. 하지만 그러려면 당연히 피나는 연습이 필요하겠지?"

"누나 소속사에 배우들 많잖아요?"

"당시 너의 기세를 따라올 배우가 없어."

아아, 그렇구나.

"그건 문제네요."

"그래, 너 때문에 문제가 됐지. 이 정도면 좀 도와줄 마음이 생겨? 물론 억지로 부탁하고 싶은 건 아니야."

천하의 충무로 공주님의 부탁.

그녀 스스로도 이미 지영이 유별난 정도가 아니라 특별한 아이라는 걸 잠시의 대화로 깨달았다. 아무리 1학년이라지만 먹을 거나 선물 정도로 환심을 살 수 있는 아이가 아니라는 것도 덩달아 깨달았다. 그리고 그런 상대에게 부탁하는 방법 또한 그녀는 알고 있었다.

"싫으니?"

"음......"

충무로 공주님의 부탁이지만 지영은 이걸 선뜻 받아들이기가 힘들었다. 지영은 잠깐의 대화로 그녀가 원하는 걸 알았다. 그녀는 연기자 강지영과의 연습을 바라는 게 아니었다. 그럼? 폭군 이건이다.

그녀는 이건과 마주하고 싶어 했다.

이게 문제였다.

'이건의 서랍을 다시 연다......?'

당연히 꺼려졌다.

이건의 삶을 정신에서 완전히 빼내는 데 무려 이 주나 걸렸다. 솟구치는 살심을 제어하기 위해 아주 무던히도 노력했다. 처음 3일 정도는 정말 진이 빠져, 집에 도착하면 그냥 기절하기 일쑤였다.

'그런데, 그런 이건을 보여달라고?'

이건 송지원에게는 득이 되겠지만 카메라가 돌아가지 않는 이상 지영에겐 해가 되는 부탁이었다.

"왜?"

"아니요, 잠깐 생각할 게 있어서요."

송지원의 물음을 멈춰놓고, 지영은 다시 곰곰이 생각에 잠겼다. 솔직히 이 부탁은 거절하는 게 옳다. 그런데 이상하게 지영은 한번 다시 써보고 싶었다. 왜? 서랍이 끌어당기는 것 같은, 그런 유혹이 풍겨진다고 할까? 송지원의 얘기를 듣고 난 직후부터 뛰기 시작하는 심장이 그 증거였다. 연습할 생각에 설레

어서? 송지원의 얼굴이 너무 아름다워서? 둘 다 아니다. 이건의
기억 서랍이 자신을 열어달라고 유혹하는 과정에서 생긴 증상
이었다.

'이건, 다시 세상으로 나오고 싶은 거냐?'

서랍이 의지를 가지기 시작했다?

지영은 솔직히 이런 적이 처음이었다.

999번의 삶을 살면서 기억 서랍을 안 열어본 건 아니었다.
상황에 따라 필요한 삶의 기억 서랍을 열면서 살았다. 그런데
그렇게 수백, 수천 번을 열었을 때도 이런 유혹을 받진 않았다.

'또 이상 현상인가?'

새로운 미션에 이어, 이번엔 기억 서랍의 유혹이다. 이번 삶
은 예외적인 상황이 너무 벌어지고 있었다. 당황스럽지만 그간
의 삶이 심장의 두근거림쯤은 빠르게 안정시켰다.

'큰 문제는 아니지만 실험은 해봐야겠어.'

무슨 실험?

기억 서랍이 끼치는 악영향이다. 이건 나중을 위해서라도 결
코 그냥 넘어가서는 안 될 일이었다.

"대본 있어요?"

"할 거야?"

"네, 해봐요, 한번."

"기다려 봐!"

송지원은 신난 아이처럼 얼른 구석에 던져놨던 가방에서 대
본 하나를 가져왔다. 민아도 받지 못했고, 지영도 받지 못했던

본편의 대본. 영화 '제국인가, 사랑인가'의 모든 스토리가 담겨 있는 완성본, 아니, 이전의 완성본.

지영은 대본을 빠르게 살폈다.

"여기, 이 부분이랑 이 부분만 해봐요."

"그래, 좋아."

송지원은 장면은 아무래도 상관없다는 것 같았다. 그녀 스스로가 원하는 건 연습이라 했지만 실제는 이건과의 만남이다.

'누가 좋을까……?'

실험 때문에 기억 서랍을 열 작정이긴 했다. 하지만 후유증이 깊게 남는 이건 말고, 다른 인물을 꺼낼 생각이었다. 마침 적당한 인물이 있었다. 이건과 비슷하면서도 달랐던 삶. 지극히 차가웠지만 폭군은 아니었던,

'여건형.'

무사(武士) 여건형(如建形).

임진년, 호수처럼 시린 무사 정신으로 이순신을 지켰던 호위 무사. 전쟁 막판에 그를 지키지 못했다는 허무함에 평생 한 번도 입에 대지 않았던 술을 마시고, 그가 숨을 거둔 장군선에 오르려다 취기에 발을 헛디뎌 물에 빠져 익사한, 어쩌면 지영의 삶에서 가장 흑역사라 할 수 있었던 인생. 결정을 내린 지영은 망설임 없이 기억 서랍을 열었다.

*　　　　　*　　　　　*

숙이 모낭여를 잡았다.

"어딜 가는 것이냐."

"폐하를 뵈러 가옵니다."

"또 그 간교한 헛바닥을 놀리려는 것이냐?"

"저는 폐하께 오직 정도(正道)만을 말씀드릴 뿐입니다."

숙의 차가운 눈빛을 모낭여는 입술을 꾹 깨문 채, 매우 도전
적인 눈빛으로 맞받아쳤다. 그런 모낭여의 모습에 피식 웃은
숙이 묘한 미소를 그렸다. 그 차가운 눈빛에 담긴 의미를 파악
하려 모낭여는 머리를 굴렸지만 결국 알아챌 수 없었다.

"세 치 혀를 잘못 놀리다 비망에 간 네년의 애비를 생각해
보는 게 좋을 것이다."

"……."

까득!

그 말을 듣는 순간 모낭여의 눈빛에 불길이 일었다. 이가 갈
리고, 주먹을 어찌나 꽉 쥐었는지 손톱이 살을 파고들어 피가
주룩 흘렀다. 숙은 그런 모낭여의 반응에 웃었다. 심장이 저릿
할 미소.

숙이 고개를 숙였다.

그리고 귓가에 대고 조용히, 섬뜩하게 한마디씩 풀어냈다.

"명심하는 게 좋을 것이다."

"……."

"내가, 네년을 언제고 지켜보고 있음을."

"……."

스륵.

부르르 떠는 모냥여의 어깨를 툭 친 숙은 그대로 갈 길을 걷기 시작했다. 그런 숙을 한차례 노려본 모냥여는 떨리는 심장을 겨우 진정시킨 뒤, 순에게로 걸음을 옮겼다.

$$* \qquad * \qquad *$$

이게 성인이 된 모냥여와 숙의 첫 만남이었다. 순과 완전히 틀어졌던 숙이 황비의 독살로 인해 궁으로 돌아오며, 황제를 만나고 나오다 모냥여와 만난다는 설정. 그런 모냥여는 숙을 알아보지만 숙은 모냥여를 못 알아본다. 그런데도 지켜본다는 건 궐 안에 세작을 심어 순의 일거수일투족을 모두 보고받았기 때문이다. 이런 설정의 장면이었다.

"후우."

심력을 제법 쏟아냈는지 송지원은 바닥에 주저앉아 깊은 숨을 내쉬었다. 하지만 이후 골몰히 생각에 잠긴 얼굴이 별로인 걸 보니, 그리 만족한 것 같진 않았다. 그리고 그런 송지원을 보는 지영의 표정도 별반 다를 건 없었다.

'여건형은… 아닌데?'

후유증이 남지 않았다.

정신을 건드리는 그 어떤 것도 없었다. 서랍은 이미 대본상 대사가 끝난 뒤, 바로 닫았다. 그러자 바로 본래 1,000번째 삶의 강지영으로 되돌아왔다.

'이건이 이상한 건가?'

이상하다.

이건 이상해.

"이상한데, 이거… 뭔가 좀 다른 것 같은데?"

그때 송지원도 혼잣말을 중얼거렸다. 대사를 잘 맞춰놓고 봐서 이러는 송지원도 정상은 아닌 것처럼 보였다. 송지원이 앉은 채로 지영을 바라봤다.

"이상해. 이건 그때 내가 느낀 것과 다른데?"

"음……."

송지원의 말에 지영은 조그맣게 탄성을 흘렸다. 다름을 알아차렸다. 차가움이란 것은 공통적으로 들어갔지만 결정적으로 지영이 보여주지 않은 폭군의 기세를 송지원은 캐치해 냈다.

'대단한데?'

보통 사람은 잘 캐치 못 할 것이다.

겉으로 드러난 기세가 시리게 차가운 기질을 가지고 있기 때문이다. 그래서 그 겉만 보고 비슷하다, 혹은 똑같다고 생각할 사람이 부지기수일 것이다. 하지만 송지원은 그 안에 들어가지 않았다.

"뭐가 다른데요?"

"그게… 음, 뭐랄까. 나를 움직이게 만들었던 그런 강제적인… 아니, 그 무서운 기세? 그런 게 없었어. 알지? 나 그때 네가 물 달라는 말을 거절 못 하고 가져다줬었잖아? 내가 그런 사람이 아니거든? 내가 이래봬도… 송지원이야! 천하의 송지원! 충무로 공주님! 그런 내가 여덟 살 꼬맹이의 말을 그렇게 사람 많은 데서 따랐을 것 같아? 천만의 말씀! 만만의 콩… 아, 이건 아니고. 어쨌든 그런 게 없었어!"

송지원의 항의는 참 재미있었다.

투정 같기도 해서 마치 다 큰 민아를 보는 기분이었다.

"너, 일부러 그런 거지? 일부러 안 보여준 거지?"

"그런 것 같아요?"

"웅, 분명 그럴 거야. 지금 연기도… 확실히 보통은 넘었어. 아니, 내가 본 어떤 배우보다 차가운 연기였어. 이게 대체 여덟 살 꼬맹이라는 게 기가 차긴 하지만 어쩌겠어? 세상에는 종종 돌연변이가 태어난다고 생각하고 말아야지. 어쨌든! 다시 하자. 그를 보여줘. 나를 찢어… 죽이고 싶어 했던 눈빛을 가진 그를."

"……."

거기까지 파악했던 건가?

아니, 느낀 건가?

그렇다면 이 여자, 감각이 굉장히 예민한 게 분명했다.

이건은 사지를 찢는 걸 유독 좋아했다. 하지만 그런 건 기세에 담겨서 읽힐 리가 만무했다. 왜? 기세는 보통 전체를 아울러서 드러나기 때문이다.

'실험은… 아직 남았으니까.'

지영은 결정을 내렸다.

"그를 보고 싶어요?"

"응, 보여줘."

"후회 안 해요?"

"안 해. 내가 너를 찾아온 건 그를 만나기 위함이니까."

이미 이건을 제3자처럼 지칭한다.

송지원은 강지영과 자신이 그라 부르는 이건을 별개의 인물로 정의내린 게 분명했다.

후우.

지영은 심호흡과 함께 이건의 서랍에 손을 댔다. 그리고⋯ 천천히, 열었다. 벼락처럼 튀어나온 이건이 지영을 발끝에서부터 천천히 잠식해 갔다.

"⋯⋯."

"⋯⋯."

눈빛이 변하고, 인상이 변했다.

기세에 담긴 기질도 변하고, 애늙은이 강지영은 폭군이 되었다. 이후 1시간. 연습실로 돌아온 김윤경과 민아가 발견한 건 기절한 송지원과 한쪽에서 좌선한 채 명상 중인 지영이었다.

chapter6
밸런스 파괴자

"폐하, 숙 장군께서 오셨습니다."

들라 하라.

내시의 안내를 받아 숙은 당당하게 대전 안으로 들어갔다. 길고 긴 대전의 끝에 황제 순이 홀로 드높은 권좌에 앉아 있었다.

"신, 숙. 북방 정벌을 끝마치고 돌아왔습니다."

"그래… 이번에도 돌아왔구나."

"폐하의 은덕 때문이옵니다."

예를 취하느라 고개를 숙인 숙. 그런 숙의 입가에 비릿한 조소가 걸렸다. 순은 이렇게 말했다. 이번에도 돌아왔구나. 듣는 이에 따라서 다르겠지만 숙은 이번에도 죽지 않았구나, 이렇게 해석했다. 그리고 실제로 순의 말은 그런 감정을 품고 있었다. 장자라는 이유만으로 황제의 자리에 앉은 순.

여기까지라면 문제가 없다.

하지만 순은 간신 귀례의 간언에 속아 국정을 정말 개판으로 운영하고 있었다. 숙은 그게 싫었다.

제국의 황제다.

지고지순한 위치에 앉은 이가 어찌하여 간신의 삿된 말을 듣는단 말인가.

전대 황제, 즉 아바마마께서 죽기 전에 미리 왕야의 직을 주지 않았다면 순은 분명 자신의 목도 쳐 날렸을 것이다. 하지만 이 순간에도 순은 숙이 죽길 바라고 있었다. 그렇지 않다면 사지(死地)라 불리는 북방 원정군의 대장군 직을 맡게 했을 리가 없다. 게다가 숙의 나이는 순보다 두 살이나 어리다.

이제 고작 지학(志學)의 나이다.

그런 숙에게 북방 원정을? 원정의 황명을 내린 의미는 너무나 명백했다. 황명(皇命)이었으니 거절할 수 없었다.

그리고 숙은 이 명령이 누구의 머리에서 나온 것인지 확실히 알고 있었다.

'귀례. 내가 고작 그딴 곳에서 죽을 줄 알았더냐?'

하지만 숙은 보란 듯이 살아 돌아왔다. 제국의 황제는 순이나, 능력은 숙이 훨씬 출중하단 소리였다. 그래서 싫었다. 숙의 기준으로 황제는 능력이 있는 자가 앉아야 하는 자리다. 그런데 순은?

'그 어느 것 하나 마음에 드는 게 없다. 순… 형님.'

숙의 입가에 걸린 비릿한 조소가 더욱더 짙어졌다. 비록 속 마음이지만 숙은 이제 순을 폐하가 아닌, 형님이라 지칭했다. 이게 시사하는 바는 매우 클 것이다.

"고개를 들라."

순의 명령에 숙은 천천히 굽혔던 상체를 세웠다. 동시에 숙였던 머리도 같이 올라왔다. 눈가에 맺힌 싸늘한 기운에 순이 꿈틀거리는 게 보였다.

숙은 그래도 웃었다.

이리해도 순은 숙을 어쩌지 못한다.

늦은 것이다.

북방에 다녀왔어도, 미리 수하에게 준비를 시켜놨다. 그리고 정벌의 시간 동안 그 준비는 이미 끝났다.

숙이 죽는 순간, 숙을 따르는 수하들이 당장 대군을 이끌고 황도를 짓밟을 것이다. 그렇게 명령도 내려놨다. 신기하게도 전대 황제는 이렇게 될 걸 예견이라도 하셨다는 듯이, 작위를 내리며 영토를 황도 지척에 하사했다. 유례가 없는 일이었다.

"눈빛에 살심이 많이 끼었구나."

숙의 눈빛을 꾸짖는 순.

"전장을 전전하다 보니 자연스레 이리되었습니다."

"그래, 고생했구나. 그럼 그만 나가보아라."

"폐하."

나가라는 말에 상체를 꼿꼿하게 세운 숙이 결코 예상치 못한 말을 시작했다.

"언제까지 간신의 농간에 놀아날 것입니까."

"…뭐, 뭐라? 지금 짐에게… 무어라 했느냐?"

"언제까지 간신 귀례를 지척에 두실 거냐 물었습니다."

"네 이놈……! 감히 짐을 능멸하느냐! 귀례는 짐의! 제국의 충신이다!"

충신?

충신은 모중산 같은 이를 말함이다.

자신의 사람이 아니기에 후일을 위해 그의 죽음을 방조했지만 숙은 모중산이 진정한 충신임을 알고 있었다. 그런 모중산을 죽여놓고, 귀례가 충신이라? 지나가던 개도 웃지 않을 말이었다.

입가에 비릿한 미소가 걸리는 걸 숙은 스스로도 자각하지 못했다.

"폐하, 동생 숙이 부디, 이 손에 쥔 칼을 엉뚱한 곳으로 향하지 않게 해주십시오."

"네, 네 이놈……!"

쩌렁.

횅한 대전을 울리는 순의 일갈에 숙이 등을 돌렸다. 그리고 피어나는 싸늘한 기세. 덩달아 폭군의 기세까지. 한 걸음을 떼다 말고 고개를 돌려 순을 바라보는 숙. 뭉게뭉게 피어나는 숙의 기세에 순은 놀라 입술을 질끈 깨물었다.

"부탁입니다, 폐하."

"……."

폐부를, 심장을 때리는 마지막 말에 순은 여전히 입술을 깨문 채 한마디도 하지 못했다. 그리고 눈빛은 파도를 만난 배처럼 흔들렸다. 압도되었다.

이건 마치 숙과 순의 역할이 바뀐 게 아닌가 싶을 정도였다.

본래 숙 황제이고.

본래 순 왕야이고.

이렇게 말이다.

다시 시선을 돌린 숙이 천천히 대전을 걸어 나갔다. 홀로 남은 순은 숙에게 받은 충격 때문에 이를 악물었다. 그리고 천천히 고개를 떨궜다.

*   *   *

컷!

박종찬 감독의 사인에 대전 안에 들끓던 기세가 눈 녹듯 사라졌다.

'푸우……' 하고 순 역할의 김민재가 의자에 쓰러지듯 몸을 눕혔다. 거의 탈진이라도 했는지 헐떡이기까지 했다. 그의 매니저가 달려가는 걸 시작으로 고요함만 감돌던 세트장에 조금씩 목소리들이 흘러나왔다.

"미친……."

그리고 이 남자, 이정군은 정신을 차리자마자 저도 모르게 욕설을 내뱉었다.

고작 3분 정도 되는 짤막한 대화. 등장하는 시간과 퇴장하는 시간까지 합쳐도 5분이 채 안 된다. 이 5분은 이정군에게 컬처 쇼크를 아주 제대로 선사했다.

아역 김민재? 이름 있는 배우였다.

탄탄한 연기력으로 또래의 아역 배우 중엔 세 손가락 안에 들어가는 게 김민재다. 하지만 이정군에게 쇼크를 선사한 배우는 김민재가 아니었다.

"뭐야, 저 괴물은……?"

생전 처음 듣는 이름, 강지영. 바로 이 아이였다.

그리고 이 아역 배우의 연기는 이정군에게 커다란 문제를 던졌다. 왜냐고? 자신이 저 배우가 커서 연기해야 할 숙의 역할을 맡고 있었기 때문이다.

"장난 아니죠?"

옆에서 송지원이 툭하니 말을 던져 넣었다. 그에 눈매를 꿈틀하는 이정군. 장난 아니냐고? 그래, 진짜 장난 아니었다.

"네가 부르기에 뭔가 했는데, 저거 보여주려고 했던 거냐?"

"네, 순영 오빠는 몰라도 정군 오빠는 이 연기를 꼭 봐야 할 테니까요."

송지원의 대답에 이정군은 고개를 끄덕였다.

이걸 안 봤으면 정말 지랄 날 뻔했다. 잘못하면 잡아먹힌다.

이정군은 자신의 연기에 자신이 있었다.

모델에서 배우로 전업한 케이스이긴 하지만 재능이 있었는지, 특정 몇몇 장르만큼은 확실하게 연기할 줄 아는 게 바로 이정군이었다. 그리고 그 몇몇 장르에 차도남 계열도 있었다. 하지만 저건 차도남 정도가 아니었다. 같이 연기했던 배우를 실신 직전까지 몰고 가는, 가히 파괴적인 기세를 풍기는 연기였다.

"아역의 연기에 긴장하는 성인 연기자라… 농담이 지나치잖아, 이건?"

"쟤가 이제 초등학교 일 학년이라고 했지?"

이정군의 말 뒤에 순의 성인 역할을 맡은 배우 김순영이 송지원을 보며 물었다. 그에 일동 충격.

"네. 이제 일 학년이에요. 나이로 치면 여덟 살."

"……."

"……."

이정군과 김순영은 정말 말도 안 되는 소리에 그대로 입을 다물었다.

아무리 날고 기는 연기 천재라고 해도 한계는 있는 법이었다. 보통 저 나이 때의 아역 배우들에게 감독이 바라는 연기는 천진난만함을 가미한 연기가 거의 대부분이다.

중학교 정도 되면 내면 연기에 도전하는 아역 출신 배우들도 생긴다.

물론 '연기 천재'라는 타이틀을 가진 몇몇 아역 배우는 어린 나이에도 내면 연기를 시키긴 한다.

요즘 떠오르는 유민아도 마찬가지다. 하지만 그래도 민아에게 깊은 내면 연기를 바라진 않았다. 그저 확실한 발음으로, 눈물이 그렁그렁한 눈으로 아버지! 혹은 폐하! 아버지를 살려주세요! 이 정도만 외치면 된다. 애초에 유민아가 캐스팅된 건, 연기 때문이 아닌 요즘 가장 핫한 아역 배우였기 때문이었다.

그런데…….

"미치겠네……."

강지영이라는 아이는 그 정도를 넘어섰다.

넘어서도 너무 넘어서서, 이정군을 매우 난감하게 만들었다. 고작 여덟 살 꼬마의 연기에 소름이 끼친 정도가 아니라, 피부가 저릿한 어떤 기세를 느껴 숨통이 턱 막혔다. 발음과 대사, 눈빛. 그리고 대배우만이 가지고 있다는 특별한 아우라까지 더해진 기세에다가 눈빛에서 느껴지는 폭력성의 결합은 상상을 초월하는 캐릭터를 만들어냈다.

"설마… 쟤 지금 감정 조절 중인 거야?"

김순영의 한마디에 모두의 시선이 세트장 한쪽에서 쉬고 있는 강지영에게 향했다. 오늘 신을 위해 급하게 주문 제작한 장군갑(將軍甲)을 입고, 좌선의 자세를 취하고 있는 강지영.

세트장 건너편이라 표정까지 전부 보이는 건 아니었지만 그래도 홀로 고요히 떨어져 있는 이질감을 느끼게 만들었다.

"기가 차네……."

이정군이 솔직한 심정을 토로하자, 송지원이 불쑥 물었다.

"괜찮겠어?"

"뭘?"

"오빠, 잘못하면 먹혀."

"……."

송지원의 한마디가 비수처럼 이정군의 가슴을 헤집었다. 아닌 게 아니라 이정군도 지금 정말 위기감을 느끼고 있었다. 카메라에 어떻게 담겼을지 확인해 봐야겠지만 좀 전에 보여준 것에 반 이상만 담겨도 어마어마한 장면들이 연출될 것이다. 거기에 음향을 더해 표정까지 뚜렷하게 보여주면?

편집에 따라 그야말로 괴물 아역 배우의 출현으로 충무로가 들썩일 게 분명했다. 그건 이 자리에 모인 주연 삼인방이 입 모아 장담할 수 있었다.

"이래서… 신은정 작가님이 유례없는 대본 수정을 감행한 건가?"

"그럴 거예요."

김순영의 말에 송지원은 조용히 고개를 끄덕였다.

그 자리에서 직접 봤으니 대본 수정 이유를 알 수 있었다. 그리고 일주일 전 강지영을 만나고 확신했다. 누구에게도 말할 수 없는 그날의 연습. 생각만으로도 살갗에 소름이 돋았다. 거기다 그 후에 강지영이란 꼬마가 찍던 신을 송지원은 전부 와서 봤다. 그리고 그 신은 정말 역대급이란 단어가 아깝지 않았다.

"난 먼저 간다……."

"벌써요?"

이정군의 말에 송지원이 되물으니, 그는 쪽팔려 죽기 싫으면 이렇게 있어선 안 되잖아, 란 말을 남기고 촬영장을 떴다.

나도 가야겠다. 김순영도 자극을 아주 제대로 받았는지 자리를 떴다. 하지만 송지원은 자리를 뜨지 않았다. 어차피 그녀의 역할은 유민아. 연기력에 잡아먹힐 상황은 아니었다. 그리고 저 둘이 피나는 연습을 해온다고 해도 강지영과의 연기 연습 한 번은 그녀를 이미 또 다른 세계에 올려다 놨다. 그래서 자신 있었다.

이정군과 김순영의 연기에 잡아먹히지 않을 자신이, 아니, 뛰어넘을 자신이. 하지만 그런 이유 때문에 자리를 뜨지 않은 건 아니었다.

이유가 하나 더 있었다.

"자, 이번엔 뭘 보여줄 거니? 아니, 제대로 보여줄 거니?"

송지원은 명상에 빠져 있는 지영을 보며 조용히 중얼거렸다. 그녀는 느꼈다.

오늘 강지영은 그를 꺼내지 않았음을. 자신을 졸도하게 만든, 그 푸른 귀화를 닮은 폭력성을 모조리 드러내지 않았음을. 강지영이란 배우가 스스로 '그'라고 말했던 제3차원적인 존재가 나오지 않았음을.

"폭군, 이건……."

강지영에게 들었다.

스스로가 연기하는 존재의 이름과 역할을. 스스로가 만들어냈다는 가상의 존재라고 했던 폭군 이건.

사실 오늘 송지원은 3자의 입장에서 폭군 이건을 다시 한번 보고 싶었다. 그래서 솔직히 자리를 떠난 두 사람에게 말하지 않았다. 자극받는 정도가 좋을 테니까. 현역 최고의 배우들에게서도 볼 수 없는 모습을 혼자 보는 게 좋으니까. 얍삽해도 어쩔 수 없었다. 이미 이 영화의 밸런스는 완벽히 깨졌다.

송지원에게는 신은정 작가가 따로 연락했었다. 각오 단단히 해야 할 거라고. 길어야 겨우 10분 정도 추가시킨 대본은 그만큼 파괴적일 거라고. 송지원은 신은정의 호언장담을 허투루 듣지 않았다. 그래서 강지영을 찾아갔던 것이다. 그녀도 연기자, 게다가 베테랑이다. 고작 여덟 살짜리 꼬마에게 잡아먹히고 싶지는 않았다.

'넘어서진… 못할 것 같네. 하지만 그래도……'

덤벼는 봐야겠지?

오랜만에 이를 악물며 미소를 짓는 송지원. 그리고 그녀가 그런 생각을 할 때쯤, 어수선하던 세트장이 조금씩 정리되어 갔다.

소란이 잦아들고, 이를 악문 김민재가 다시 권좌로 향했다.

한 명이 추가됐다. 간신 귀례.

그가 심호흡을 하며 김민재의 옆에 가서 섰다. 그리고 스르륵, 명상을 하던 괴물이 눈을 뜨며 천천히 자리에서 일어났다. 느릿느릿 아까 섰던 자리로 강지영이 움직였다.

그러자 모두의 시선이 몇 사람에게 몰려 있었다. 세트장에 모인 사람들은 어떤 비장한 기운까지 풍기고 있었다. 이번 신역시 회상 신 중 하나로, 성인 역의 두 사람이 극 중 다시 한번 완전히 틀어질 때 사용될 신이었다.

송지원은 지영이 움직이는 모습, 그리고 서서히 발산되는 차가운 기질을 느끼며 입술을 깨물었다.

'왔다… 폭군 이건.'

힘들어도 반드시 바라보고, 반드시 버텨내리라. 그렇게 감각이 지나치게 민감한 그녀를 졸도하게 만든 폭군 이건이 다시금 강지영에게… 강림했다.

그리고 이 신은, 폭군 이건의 마지막 신이 될 것이다.

*   *   *

송지원과 연기 연습을 하고 일주일이 지났고, 좀 전에 한 신을 찍었으니 이제 마지막 신을 찍기 전이다. 그리고 오늘, 강지영이란 인간이 가진 모든 힘을 쏟아달라는 신은정 작가의 부탁이 있었다. 지영은 그 부탁을 들어줄 생각이었다. 물론 어차피 싫어도 해야 하는 상황이었다. 시대의 명령이란 절대적인 법칙 때문에.

그래서 지금 찍을 마지막 신에 지영은 이건을 다시 부를 생각이었다. 송지원과의 연습 때 이건의 서랍을 연 이후, 아직까지 이건을 다시 부른 적은 없었다. 쉽게 설명하면 송지원과 연습할 때 꺼냈던 이건의 영향력으로 지금까지 연기를 했다는 소리였다. 지영은 모르지만, 단지 그 정도로 두 명의 탑 남배우가 충격을 먹었다.

하지만 확실히 영향력으로 연기를 하는 것과 이건을 제대로 불러들여 연기를 하는 건 차이가 있었다.

순 역할의 김민재가 버티는 것만 해도 그렇다. 이건을 불러서 제대로 하면 천하의 송지원도 버티지 못하고 졸도할 정도로 사납다.

'할 거면 제대로. 완벽하게……'

이미 시작한 마당이다.

지원은 한번 결정했으면 시원시원하게 밀어붙이는 고집스러운 면도 있었다. 명령은 확실히 이행해야 한다. 이 빌어먹을 신은 절대로 대충이라는 법이 없으니까.

'신은정 작가한테는 고마워해야겠어.'

그나마 다행인 건 신은정 작가를 만났다는 점이다. 그녀가 아니었다면 명령을 받자마자 이렇게 확실하게 움직이진 못했을 것이다. 그러니 그 고마운 마음 때문에라도 이번 마지막 신은 지영도 최대한 제대로 할 작정이었다.

'문제는 저 친군데……'

김민재.

이건을 뒤집어쓴 지영의 연기에 압도당해 숨을 헐떡이는 김민재가 솔직히 걱정스러웠다. 감이 송지원만큼이나 예민한지

무딘 사람은 느끼지 못할 그 기세를 김민재는 온전히 느끼고 있었다. 그래서 지금 너무 힘들어하고 있었다.

아무리 지영이 이건을 꺼내지 않았다고 하더라도 본래 강지영이란 인간은 범인을 넘어섰다. 굳이 기억을 꺼내지 않아도 999번의 삶을 반복한 환생자가 일반인과 같을 수는 없는 노릇이다. 평상시는 그걸 최대한 꺼내지 않으려 했을 뿐이었다.

그러나 연기를 하면서 족쇄를 모두 벗어던졌다. 그 결과 눈빛, 말투가 변하면서 기질 또한 변하고, 그것들이 어우러져 뿜어지는 기세가 변했다. 거기에 더해 이건의 기세가 합쳐지니, 김민재가 저렇게 헐떡이면서 힘들어하는 건 당연한 일이었다. 말했지 않은가. 지영이 제대로 이건의 서랍을 열었던 날, 천하의 송지원이 졸도를 했다고.

감각적으로 예민한 이일수록 훨씬 더 강렬하게 받아들이게 될 것이고, 그럴수록 심적으로 받는 압박은 기하급수적으로 커져갈 것이다.

'버텨주길 바라는 수밖에 없나.'

그런 김민재에게 지영이 해줄 수 있는 건 없었다. 조화는 이미 깨졌다. 이제 남은 건 명령을 위해 홀로 압도적으로 '빛나는' 별이 되는 것밖에 없었다.

'후우, 후우. 후, 우…….'

세트장이 정리되고 두 사람이 다시 권좌에 자리하는 모습이 보였다. 그에 심호흡을 하고 마음을 가다듬는 지영.

스텐바이 사인이 들어오는 순간, 이건을 꺼낸다.

눈을 감고 조용히 기다리기를 몇 분, 스태프가 와서 자리해 달라는 말을 전하고 갔다.

"……"

조용히 눈을 뜬 지영은 천천히 일어섬과 동시에 서랍을 열었다.

폭군 이건.

시대에서 지워진, 그 어떤 문헌으로도, 구전으로도 전해지지 않은 폭군의 기억이 지영의 머릿속으로 난폭하게 스며들어 왔다.

웅웅.

이명(耳鳴)이 들리는 것 같았다.

온갖 잡스러운 사념의 외침이 속삭이는 것 같은, 원한에 사무친, 원망이 가득한 악령이 악을 쓰는 것 같은 그런 이명이었다. 그런 이명 때문에 지영은 정신이 매우 날카롭게 섰다. 동시에 이건이 가진 기억들이 뇌리로 마구 떠올랐다. 살인, 방화, 강간, 고문, 칼을 쥐고 대전을 피로 물들였던 어느 한 장면이 혹 떠올랐다가 사라지고, 사약을 받은 채 벌벌 떠는 신하를 보며 광기 어린 미소로 즐기던 장면이 혹 왔다가 다시 사라졌다.

'미치겠네……'

하지만 이 정도로 무너질 강지영이 아니었다.

잡아먹히지 않는다.

허상과 현실 정도는 확실하게 구분 지을 줄 알았다. 이 정도에 잡아먹힐 정도라면 애초에 환생을 거듭하면서 지영의 정신은 파괴되어 있어야 정상일 것이다.

저벅, 저벅.

취한 듯, 으스스한 자세로 지영은 걸음을 옮겨 신이 시작될 장소로 움직였다. 지영이 도착하자 성인이 된 이후 다시 처음으로 공식 석상에서 마주하는 순과 숙의 회상 장면에 사용될, 순과 숙이 완전히 틀어지는 신이 시작됐다.

*   *   *

"모중산에 이어 이번엔 이 동생입니까."

한쪽 무릎을 꿇은 채 고개를 숙이고 있던 숙의 입에서 흘러나온 말. 그 말에 순은 이를 악물고 고개 숙인 숙의 뒤통수를 노려봤다. 먹히지 않으리라. 두 눈은 그리 말하고 있었다. 겁먹지 않으리라. 감히 황제의 권위에 도전하는 네놈을! 용서치 않으리라! 이리 다짐하고 있겠지만 역부족이다, 순은.

그러나 발악은 한다.

"내 감히, 황제의 권위에 대든 네놈을 용서할 수 없음이다!"

"그래, 용서할 수 없으시다 하니 묻겠습니다. 이 동생을 어쩌실 생각입니까?"

폐하?

웃기지 마라…….

봐줬더니, 이거 참 기가 막히게 하는구나. 부당한 황명조차 감수하고, 또 감수했거늘… 감히… 나를 내치려 해?

숙의 눈빛에 그동안 숨죽이고 있던 광기가 확 몰아쳤다.

"내 너의 직위를 박탈하고! 저 멀리! 땅 끝의 섬으로 유배 보낼 것이다!"

"크, 크흐흐… 그래도 죽인다 말은 안 하십니다?"

순의 한마디에 숙의 입에서 조소가 가득 섞인 대답이 흘러나왔다. 그 대답에 순의 얼굴은 다시 일그러졌다. 권위가 땅에 떨어졌다. 그 순간 나서는 이가 있었으니…….

"네 이놈! 어느 안전이라고 감히……!"

"닥치거라… 귀례!"

쩌렁!

넓은 대전을 울리는 통렬한 한 방.

부복하고 있던 숙이 명령이 없었음에도 천천히 자세를 폈다. 들려진 고개. 푸른 귀화(鬼火)를 머금은 눈빛이 귀례에게 꽂혔다. 동시에 난폭하게 떠돌던 기세가 한 사람에게 집중됐다.

"네놈이야말로 감히 어느 안전이라고 아가리를 터는 것이냐? 네놈이 내시면 내시지, 왕야인 나와 황제인 형님의 대화에 끼어들 주제가 되는 줄 아는 것이냐?"

"나, 나는… 폐하의……."

"한마디만 더 하면 내 친히 그 아가리를 찢어주마."

"……."

"어디, 더 지껄여 보아라."

비릿한 조소를 입가에 걸었지만 웃기게도 무미건조하게 나온 그 한마디에 귀례는 입술을 꾹 닫았다. 압도당함이다. 천하의 간신? 제국을 움직이는 실세?

'지랄 마라. 그동안 참아왔을 뿐이다.'

가능하면 후세에 반정(反正)이라 불릴 일을 일으키고 싶지 않았음이다. 그래서 참았음이다. 그래서 부당한 명령도 수행했을 뿐이다. 하지만 그 모든 게 정당한 대의명분이 되어버렸다.

'모순이지 않은가?'

하지만 이제는 아니다.

숙은 차갑다. 폭군의 기질을 가지고 있었다. 하지만 순보다야 훨씬 국정을 잘 운용할 능력이 있었다. 그건 스스로에게 수십, 수백 차례 되물어서 얻은 결론이다. 그리고 지금 제국에서도 순보다, 숙이 황제가 되었어야 했다는 말이 슬슬 기어 나오고 있었다. 그만큼 순의 능력이 없다는 뜻이었다.

숙은 이 모든 일의 원흉을 바라봤다.

'귀례······.'

가능하면 목을 치고 싶다.

사지를 찢어 들판에 던지고, 저 간사한 혀와 뽑아버린 목을 성문 위에 걸어버리고 싶었다. 그러나 그랬다간 대번에 큰 들불로 번질 것이다. 귀례, 저 간신을 따르는 자들이 아직 많이 남아 있었기 때문이다.

하지만 숙은 느끼고 있었다.

오늘······.

오늘로 마지막, 갈라질 날이 왔음을.

"내 형님 폐하께 하나 묻겠소."

"뭣이……."

말투가 변했다.

묻겠습니다도 아니고, 묻겠소로. 단어 몇 개 빠졌다는 걸로 설명할 수 없었다. 이는 순을 폐하로 인정하지 않는다는 뜻이었으니 말이다.

"이 나를, 친동생 숙을 죽이고 싶소?"

히죽.

하얀 이를 드러내며 그리 묻자 순의 얼굴이 사색이 되었다. 광기가 이제는 철철 넘친다. 그런데 들불처럼 끓는 광기가 아니라, 너무나 차갑게 식어 있는 광기다. 그 광기가 이리 물었다.

대답해라.

대답 여하에 따라 너의 목숨을 결정지어 주마.

비틀어짐의 끝이다.

"나, 나는……."

"잘 선택하시오."

"……."

불경하게도 툭 자르고 들어간 숙의 말에 순은 다시 입을 닫아야 했다. 그리고 깨달았다. 저 미소가 전부 말해주고 있었다. 선택 여하에 따라 숙의 사병이 움직일 것임을. 그리고 또한 이 자리에서 위사(衛士)들을 불러 숙을 죽인다 해도, 사전에 내려놓은 명령으로 황도를 칠 것임을. 물경 오십만의 북부군이, 갖은 전쟁을 통해 철예병단(鐵銳兵端)이라 불리는 숙의 사병이 자신들의 목을 가지러 올 것임을.

"선택하셨소?"

"나는……."

이후, 순이 입술을 잘게 달싹였다.

숙은 그 입 모양을 보고 웃었다.

회심의 미소. 그 미소는 차가운 비수가 되어 순의 가슴을 찢었다. 동시에 숙의 눈빛에 머물던 광기가 서서히 잦아들었다.

"고맙소, 형님. 그 대답 덕분에… 아직은 패륜을 저지르지 않아도 되겠소, 하하."

숙의 조용한 웃음이 대전을 조용히 채워갔다.

괴상하게도, 이전까지 그리 무서운 기세를 줄줄 퍼뜨리더니, 이제는 그저 말 그대로 웃음만 흘렀다. 만인을 압도하는 폭군의 기세가 쏙 빠진, 웃음. 이 또한 너무 모순적이었다.

"그럼, 보전하시오. 하하하!"

이후 등을 돌려 사라지는 숙. 그의 걸음에 맞춰 웃음이 대전을 울렸다. 까드득. 그런 숙의 웃음에 귀례가 보이지 않게 이를 악물었다. 두 눈에는 숙과는 전혀 다른 종류의 간악함 가득한 광기가 흐르고 있었다. 이윽고 숙은 사라졌으나 웃음은 숙이 대전을 나가고도 한참이나 맴돌았다.

황제 순(洵), 왕야 숙(肅)과 척을 지고 갈라서다.

＊　　　　　＊　　　　　＊

　컷!

　대전을 나가 한쪽에 서 있기를 수 분, 박종찬 감독의 컷 사
인이 울렸다. 지영은 그 사인을 듣자마자 자리에 주저앉았다.
마지막 순간에 대본을 따라 고의적으로 서랍을 닫았다. 이건
이 사라지면서 심적 부담이 줄긴 했지만 육체적으로 상당히 피
곤했다. 컷 사인에 정적이 깨지니, 촬영장은 서서히 웅성거리기
시작했다. 환상에 빠져 있던 이들이 현실로 돌아오고 있다는
뜻이었다.

　다다다!

　민아의 매니저 서소정이 물병과 수건을 들고 날렵하게 달려
왔다. 현재 매니지먼트가 없는 지영을 위해 민아의 소속사가
해준 배려였다.

　"지영 군! 여기 물!"

　"고마워요."

　뚜껑을 딴 생수를 건네고, 서소정이 열심히 땀으로 범벅인
지영의 얼굴을 닦아줬다. 그때 '줘 봐요, 혹시 추가 촬영 있을지
도 모르는데 그렇게 닦으면 메이크업 다 지워져요' 하는 소리가
들렸다. 수건으로 가려져 잘 보이진 않았으나 누군지 알 것 같
았다.

　첫 번째 신이 시작되기 전에 잠깐 봤던 송지원이었다. 그녀의
등장에 서소정이 엉거주춤 뒤로 물러났다. 물을 반병이나 쭉

마신 지영은 숨을 몇 번 내쉰 뒤에 조용히 물었다.

"보고 싶은 건 봤어요?"

"……."

지원은 대답이 없었다. 하지만 수건 사이로 그녀가 작게 고개를 끄덕이는 게 보였다. 잠시 뒤, 수건이 사라졌다. 대신 띠처럼 작게 말아 지영의 머리에 감아줬다. 땀이 흐르는 걸 막기 위한 조치인 것 같았다.

"어떻게 그런 연기가 가능해?"

송지원이 물었다.

이제 그녀의 나이 서른 살이다. 그리고 연기 경력은 10년이 훌쩍 넘어갔다. 그런 그녀가 고작 여덟 살 지원에게 연기에 대한 조언을 구했다. 누가 들었으면 펄쩍 뛸 일이었다. 실제로 바로 뒤에 있던 서소정은 흠칫 놀라 주변을 급히 살펴볼 정도였다.

"미안해요."

지영은 딱 한마디로 지원의 질문에 대답했다. 이건 알려준다고 해서 이해 가능한 영역이 아니었다. 송지원이 아무리 연기에 대한 감이 좋고, 천재적인 재능을 가지고 있다 해도, 그 방법을 비슷하게 설명해 줘도 지영처럼은 할 수 없을 것이다. 좀 전처럼 지켜보던 전체를 압도하고, 오금이 저리게 만드는 폭군의 삶은 애초에 살아보질 않았을 테니 말이다. 그러니 비슷하게는 할 수 있어도, 똑같이는 결코 불가능할 것이다. 그러니 아예 알려주지 않았다. 그런 지영의 답이 마음에 안 들었는지, 송지원의 날렵한 콧대와 미간에 주름이 잡혔다.

"심술쟁이."

"여덟 살이니까요."

"아하? 그러네? 깜빡했어, 너랑 얘기하다 보면 무슨 내 나이 또래와 대화하는 기분이라."

"칭찬이죠?"

"글쎄?"

살살 장난을 걸던 송지원이 벌떡 자리에서 일어났다. 박종찬 감독과 신은정이 다가오고 있었다. 얼굴에 미소가 가득한 걸 보니, 추가 촬영은 없을 것 같았다. 그래서 지영은 저도 모르게 속으로 안도의 한숨을 흘렸다.

'쉬고 싶다⋯⋯.'

이번만큼은 지영도 좀 지쳤다.

지금도 이건의 영향이 남아 있어 안 좋은 생각이 들었다. 인 터넷에 찾아보니 이런 게 메소드 연기(Method Acting)라 하지 만, 지영은 자신이 취한 방법이 그 연기 기법과 확연한 차이가 있음을 안다. 메소드 연기가 특정 캐릭터의 생각, 감정, 행동 설정을 잡아 거기에 몰입시킨다면 지영은 그냥 그 자체로 완벽 한 캐릭터이다. 그래서 이건 같은 서랍을 열 때마다 후유증이 장난이 아니었다. 지영이 아니었다면? 수백 번의 환생을 겪은 지영이 아니었다면? 진짜 상상조차도 싫은 결과만 남을 것이 다.

'이럴 때는 그저 수도자의 삶을 꺼내 명상을 취하는 게 최

곤데.'

그런 생각을 하는데 바짝 다가온 박종찬 감독이 손을 내밀었다. 마흔이 넘은 영화감독이 여덟 살 배우에게 손을 내민다? 웬만하면 보기 힘든 일이었다. 지영은 그 손을 고개를 살짝 숙이며 잡았다.

"고맙네, 이번 영화⋯ 아주 기대해도 좋을 것 같아, 흐흐."

"다행이네요, 근데 괜찮을까요? 제가 밸런스를 다 깬 것 같은데."

지영의 질문에 대한 답은 신은정에게서 나왔다.

"어차피 대본 수정할 때 그 부분은 아예 배제했어. 편집도 밸런스보다는 대놓고 보여줄 생각이야. 아주 적나라하게."

그러면서 힐끔 신은정의 시선이 송지원에게 향했다. 그리고 송지원은 그 시선의 의미를 확실하게 파악했다.

"어머, 저 공주님이에요, 충무로 공주님. 걱정 마세요, 호호!"

"후후, 잘 부탁해요."

두 여자가 의미심장하게 웃으며 지영을 바라봤고, 지영은 그냥 어깨만 으쓱했다. 지영의 등장으로 판이 요상하게 흘러갔다.

뮤지컬도 그렇고, 드라마도 그렇고, 영화도 보통 그렇다. 배우 하나만 팍팍 튀어서는 작품 전체가 살지 못한다. 그 하나가 튀는 장면이 몰입을 확 방해해 버리기 때문이다. 그래서 보통 이렇게 나눈다. 연기를 잘하는 배우들끼리만 모아서 찍든가, 아니면 부족해도 핫한 배우들만 쓰든가. 그도 아니면 섞어서 밸런스를 최대한 맞추든가.

'제국인가, 사랑인가'는 두세 번째를 섞어놓은 것에 가깝다. 성인 연기자 중에 하이 클래스의, 40대 이상의 연기자는 없었다. 모중산 역도, 귀례 역도 그랬다. 주연배우들의 수준이 좀 높긴 하지만 모중산 역할 배우와 귀례 역할 배우 또한 큰 차이가 나질 않았다. 애초에 아역 배우들의 신이 많지 않은 것도 그 때문이었다. 그런데 강지영의 갑툭튀 등장이, 신은정과 박종찬 감독의 생각을 완전히 바꿔 버렸다.

경쟁.

작품의 노선을 배우들의 연기 전쟁으로 확 틀어버렸다. 이제 성인 배우들은 아주 죽어날 거다. 강지영은 말할 것도 없고, 김민재도 유민아도 보는 순간 대박… 이란 단어를 떠올릴 정도로 소름 끼치는 연기를 해줬으니까. 상업 영화 '제국인가, 사랑인가'의 피 말리는 연기 전쟁은 이제부터 시작이었다.

신은정은 그런 생각에 들떴다가 새하얗고, 종이 냄새 물씬 나는 대본 한 권을 꺼내 지영에게 건넸다.

"피곤한 것 같은데 오늘은 가서 푹 쉬고, 이건 시간 나면 한 번 읽어봐."

"뭐예요, 이건?"

"후후, 죽어라 찍고 싶었던 작품이지만 그동안 배우가 없어 포기하고 있었던 작품."

"음……."

신은정의 의미심장한 말에 지영은 대본의 겉장을 빤히 바라봤다. 거기에는 큼지막하게 이렇게 적혀 있었다.

〈가제: 리틀 사이코패스(Little Psychopath)〉

후일, 전 세계가 경악에 빠질 작품의 대본이었다.

*　　　　*　　　　*

마지막 신을 찍고 4개월이 정말 빛살처럼 흘러갔다. 시위에
서 쏘아진 살이 아닌, 뇌관을 공이에 맞은 탄알처럼 쭉! 흘러갔
다. 3월에서 벌써 7월이 됐다. 그것도 무더위가 기승을 부리다
못해 악을 바락바락 쓰기 시작한 여름의 시작.

"아, 죽겠다……"

여름방학에 들어서고 일주일이 지난 어느 날.

집에 혼자 남은 지영은 더위가 아닌 무료함에 죽을 것 같았
다. 두 분 다 출근하고 나니 할 게 없었다. 그렇다고 지영이 학
원을 다니는 것도 아니었다. 다행히 초등교육을 이미 끝낸 지영
에게 두 분 부모님은 따로 공부를 권하시지 않았다. 참 다행인
일이 아닐 수 없었다. 떼쟁이 민아도 여행을 갔다. 같이 가자고
조르고 울고 난리도 아니었지만 결국엔 울다 지쳐 실신한 채
실려서 여행을 떠났다.

그래서 지금 지영은 아주 오랜만에 자유로웠다. 하지만 자유
는 자유고, 할 게 없는 건 또 다른 차원의 고민이다.

"뭐 하지?"

시원한 에어컨이 나오는 거실.

티비도 틀어놓지 않은 지영은 멍하니 소파에 늘어져 있었다. 사실 이런 지영의 무료함은 '제국인가, 사랑인가'의 촬영이 완전히 끝나고, 이건의 영향력이 전부 빠져나간 다음부터 시작됐다. 그래서 심심할 때마다 간간이 촬영장에 놀러가고는 했다. 주연배우들은 물론 박종찬 감독과 신은정 작가도 흔쾌히 받아줬기에 일주일에 서너 번은 다녔던 것 같았다. 뭘 배우러 간 건 아니었다.

그냥 연기라는 것 자체를 보러 간 것뿐이었다. 보고 있는 것 자체가 무료함을 달래주었기 때문이다.

"하지만 이젠 촬영도 끝났지……."

공식적으로 '제국인가, 사랑인가'의 촬영은 끝났다. 그것도 딱 어제. 송지원과 박종찬, 신은정에게 거의 동시에 연락을 받았고, 지영은 매우 아쉬워했다. 무료함을 달래주던 유일한 장소가 사라진 것이다.

"아아……."

뒹굴뒹굴.

대학도 안 간 백수가 뒹굴거리는 것처럼 지영은 몸을 뒤척였다. 이럴 거면 그냥 민아를 따라갈 걸 그랬나? 하는 요망한 생각까지 들 정도였다.

"운동이나 할까……?"

맴, 맴, 맴!

창문을 잠깐 열어보니 아따… 이건 뭐, 그냥 살인적인 더위였다.

"아프리카냐… 아오."

얼른 문을 닫는 지영.

언제였더라? 1800년대쯤이었던 것 같다. 그때 지영은 중앙아프리카 어느 부족장의 딸로 태어났다. 아들이 아닌 딸이었다. 그래서 그때 진짜 몸을 지키려고 15살 때 부족에서 도망쳐, 죽기 직전까지 숲에서 살았다. 결과야 뭐… 좋지 않았다.

그 좋지 않던 기억을 떠올리던 와중에 드르륵, 드르륵, 마루에 내려놨던 폰이 울었다. 힐끔 고개를 내려다보던 지영은 눈을 반짝였다.

송지원에게 온 연락이었다.

[일어났어? 아님 아직 자나?]

요렇게 온 메시지.

지영은 전에 없이 바로 답장을 보냈다.

그러자 바로 지원에게서 전화가 왔다.

"네, 네네, 일어났어요. 근데 저 방학인 건 어떻게……? 아, 민아가요? 네네, 저야 뭐, 그냥 뒹굴거려요. 숙제요? 에이… 그건 며칠이면 돼요. 학원도 안 가요. 지금요? 아, 정말요? 음… 그럴까요, 그럼? 한 시간, 네. 준비할게요."

묻고 답하고 묻고 답하고, 보통과 전혀 다를 게 없는 통화가 오가고, 지원은 바로 전화를 끊고 화장실로 들어갔다. 아침에 운동을 하고 씻긴 했지만 그건 일곱 시쯤이었다. 지금 열한 시가 다 되어간다. 고새 땀이 나서 좀 찝찝했다.

씻고, 바로 밖으로 나와 나갈 준비를 하는 지영. 임미정에게 메시지 하나를 보내는 것도 잊지 않았다. 역시나 바로 답장이 왔는데, 오케이 메시지였다. 송지원이랑 놀겠다는 데 막는 부모님은 별로 없을 것이다.

한 시간은 금방 흘렀다.

도착했다는 말을 듣고 밖으로 나가니 송지원이 이번엔 자신의 차를 끌고 와 있었다.

"와우."

송지원은 굉장히 터프한 놈을 끌고 왔다.

정렬의 레드를 온몸에 두르고, 고고한 자태를 유려하게 그려 낸 차체.

탁탁, 송지원이 조수석을 두들기더니 한마디를 던졌다.

"오빠, 탈래?"

"……."

이 여자가… 큰일 날 소리를?

그러나 이 정도 장난이야 이미 익숙한 지영이었다.

옆에 타서 벨트를 매려던 지영은 좀 버벅거리기 시작했다. 그러자 호호, 웃은 송지원이 지영의 벨트를 대신 해줬다.

꼬마니까, 이제 고작 여덟 살 하고 반년 조금 더 먹었으니까 송지원이야 괜찮겠지만 지영은 아니었다.

'아아… 이거 자존심 상하는데?'

왜인지 모르게 이상하게 그런 기분이 들었다.

하지만 지영은 그걸 내색하진 않았다.

"차 엄청 좋아요. 이거 뭐예요?"

"이 차? 람보르기니 우라칸 쿠페."

"아, 그런 이름이구나. 얼마예요?"

"이것저것 다 해서 사억 좀 더 든 것 같은데?"

"와… 누나 되게 부자네요?"

"호호호."

송지원은 지영의 아이다운 말에 다시 웃었다. 그리고 지영의 볼을 잡고 꼬집었다. 응징이었다.

"아아, 왜요!"

"너너, 알거 다 알면서 자꾸 애처럼 굴지 마. 닭살 돋아!"

"아, 그래요? 뭐, 그럼 안 할게요. 그럼 이거 광고 하나 찍고 샀겠네요?"

"정답, 재작년에 이퓨리 일 년 계약하고 샀지."

이퓨리.

국내 굴지의 화장품 회사.

1년 내내 광고를 때려 넣을 정도로 영향력 있고, 중화권에서도 먹어주는 회사였다. 그런 회사의 제품 1년 계약이면 확실히 이 차 정도는 살 수 있을 것이다. 그리고 그걸 지영도 알고는 있었다.

대충 조사해 봤기 때문이다.

"이제야 좀 너답네. 나랑 있을 땐 좀 애처럼 하지 마. 알았어?"

"네네, 그럴게요. 이러다 말도 놓으라고 하겠네."

"그럴래?"

"아뇨, 그건 내가 싫어요. 누려야죠. 내가 더 어린데."

"아오……!"

그 말에 송지원은 지영의 볼을 몇 번이나 더 늘리다가, 이내 흥미를 잃었는지 놓고 운전대를 잡았다. 그런데 송지원은 차를 출발시키지 않고 갑자기 생각에 잠겼다.

"왜요? 설마 그냥 오기만 한 거예요?"

"응, 어디 가지?"

"아……."

뭐 이런 한심한 여자가.

입장이 매우 변하긴 했지만 지영은 송지원이 참 대책 없다고 생각했다. 연기할 때를 빼면 맹한 구석이 상당히 많은 송지원 이다. 그거야 첫 대면에 '다오' 대사를 따라 할 때부터 알아봤 다. 뭐 어쨌든, 차는 여전히 출발하지 못하고 있었다.

"그냥 아무 데나 놀러 다닐까?"

"사진 찍히면요?"

"그게 뭐? 그냥 조카라고 하면 되지!"

"그럼 사람들 몰리는 건요?"

"아, 그건 좀……."

송지원이 등장했다. 압구정이든 경리단길이든 홍대든 어디 든. 과연 송지원을 사람들이 '오! 송지원이다!' 이러고 말까? 아 마 그럴 가능성은 거의 없었다. 그녀는 보통 집순이고, 대중에 게 오직 CF, 드라마, 영화로만 노출되었다. 그 외에는 거의 활동을 안 한다. 아, 하나 더. 제작 발표회나 시사회 정도는 한다. 그리고 그 외에는 진짜 거의 집, 회사, 집, 회사, 집, 회사. 이게 그녀의 하루 일과였다. 그런 그녀가 사람들 많은 데 뜨면?

'난리도 그런 난리가 없겠지……'

말 그대로 진짜 혼란의 도가니탕이 팔팔 끓을 것이다. 지영은 절대로 그 탕 속에서 같이 끓여지고 싶지 않았다. 그리고 사람들은 지영을 누군지도 모른다. 이리 채이고 저리 채이고. 아아, 상상만 해도 소름 끼치는 지영이었다. 그렇다면 갈 곳은 딱 한 군데. 애초에 정해져 있었다.

"그냥 누나네 회사나 가요."

"그럴까? 근데 가서 뭐 하지?"

"뭘 하든요. 심심하면 연기 연습도 좀 하고."

"야야, 나 어제 촬영 마쳤거든?"

"그럼 집에서 쉬지 그랬어요?"

"그러기엔 내가 체력이 너무 좋아. 후후, 그럼 그냥 회사로 간다?"

"네."

목적지가 정해졌다.

지영의 집에서 그녀의 회사까지는 대략 30분 거리. 하지만… 새빨간 우라칸의 위력은 엄청났다. 도로에 진입하자마자 펼쳐지는 모세의 기적. 아니, 우라칸의 기적. 웬만한 국산차는 모두 자리를 열었다.

그렇게 걸린 시간은 고작 20분이었다. 딱히 밟은 것도 아닌데 정말 빨리 도착했다. 회사 지하에 차를 대고 지영을 회사로 안내하는 송지원. 사실 처음 오는 것도 아니었다. 그녀와 처음으로 연기 연습을 할 때도 왔었고, 그녀가 촬영 중일 때도 종종 왔었다. 거대 매니지먼트답게 빌딩 하나가 전부 회사 소유였다.

그러다 보니 지영은 이곳저곳 기웃거려 보고 싶어졌다. 시간 때우는 데는 또 그것만 한 게 없었기 때문이다.

"회사 구경 좀 시켜줘요."

"왜, 우리랑 계약하려고?"

"그건 아니고요. 어차피 올라가도 할 건 없잖아요? 그러니 구경하면서 시간이나 좀 때우게요."

"그렇긴 하지? 아, 와도 할 게 없다니 서글프네."

티티.

모 아이돌의 안무를 따라하며 징징거리는 송지원의 모습을 본 사람이 있을까? 아마 없을 것이다. 영상이 아니라 실물로 본 사람은 말이다. 어흑! 심장을 잡고 쓰러져도 이상하지 않은 장면이지만 지영은 시큰둥했다. 저런 행동에 우와… 하기엔, 안타깝게도 지영이 살아온 세월이 너무나 길다. 그래서 반응이 시큰둥하니 송지원도 다시 자세를 잡고는 지영을 3층으로 안내했다.

"여긴 뭐 하는 곳이에요?"

"후후, 놀라지 마시라! 이거 회사 기밀이긴 한데, 우리 회사가 요즘 아이돌 프로젝트를 시작했거든. 여긴 그 애들 연습하는 곳."

"아이돌이요? 보라매는 배우 매니지먼트 아니에요?"

"그렇긴 하지. 근데 한 번쯤 해보는 것도 나쁘지 않을 것 같다고 이사회에서 결정이 났거든. 요즘 아이돌 사업이 꽤나 핫하잖아? 저번에 왜 일공일도 그랬고."

"아아, 그렇긴 하죠."

지영도 부모님 때문에 종종 예능은 챙겨본다. 그때 본 적이 있었다. 모 케이블 방송에서 작정하고 101명의 현직 걸그룹, 회사 연습생들을 뽑아 토너먼트를 열었다. 그렇게 최종 11명을 뽑는 과정을 담아 방송에 내보냈는데, 이게 소위 말하는 대박이 났다. 그렇게 뽑힌 11은 현재 그룹으로 만들어 활동 중인데 인기도 장난이 아니었다. 반에서 여자애들이 그 춤을 추는 걸 종종 봤던 기억도 떠올랐다.

"뭐, 돈도 넉넉하니 망해도 큰 부담은 없고. 일단 여기부터 돌아볼까?"

"그래요."

어차피 시간 때우기다.

사실 큰 흥미는 없지만 자신이 구경시켜 달라고 했으니 군말 없이 그녀를 따라 나섰다.

"여긴 보컬 연습실."

통짜 유리문이라 안이 잘 보였다. 이제 중1? 그 정도부터 고3 정도까지 되어 보이는 아이들이 줄지어 서서 입을 뻐끔거리는 게 보였다. 방음이 잘되는지 분명 뭔가 부르는 것 같은데 하나도 들리지 않았다. 성의 없이 보던 지영의 눈에 조금 이채가 돌았다.

"외국인도 있네요?"

"응, 다국적 그룹이거든."

"아아."

금발 백인 소녀도 있고, 혼혈로 보이는 소녀도 보였다. 물론 그래도 전형적인 한국 소녀들이 더 많았다.

"쟤들 열 명에서 보컬은 다섯이 남을 거야."

"그럼 나머지 다섯은요?"

"다른 쪽으로 재능이 있다면 일단 데리고 있긴 하겠지만 없으면 짐 싸서 집에 가야지, 뭐."

"냉정하네요."

"원래 그런 곳이잖니."

"뭐, 그건 그래요."

연예계와 스포츠 세계만큼 냉정한 곳도 없다. 실력이 없으면 아예 그 틀 안에 들어가는 것도 쉽지 않은 곳. 운 좋게 들어가 더라도 겉만 맛보고 쫓겨나는 곳. 한번 제대로 맛봐도 실수 한 번이면 날개 잃은 천사처럼 끝없는 추락을 하게 되는 곳. 그런 곳이 지영이 파악한 연예계였다.

"볼 거 없지?"

"네."

"그럼 다음."

이번 방은 아예 벽면 전체가 유리라 안이 훤히 들여다보였다.

"여긴 안무 연습실."

"안 말해줘도 알아요."

안에서는 이번에도 총 열 명의 소녀가 음악에 맞춰 절도 있게 춤을 추고 있었다. 굉장히 리듬감 있는 안무 같았다. 그리고 그중 지영의 시선을 잡아끄는 한 소녀가 있었다.

'어……?'

익숙한 얼굴.

익숙한 체형.

중간중간 안무 중 돌아설 때마다 아주 잠시 보이는 얼굴에 지영은 저도 모르게 계속 시선이 갔다.

'누구지? 본 얼굴인데?'

한참을 바라봤다.

아주 뚫어지게.

시간 가는 줄도 모르고 보다 보니 어느새 노래가 끝나고, 소녀들이 엔딩 동작을 맞추며 멈췄다. 그렇게 잠시 서 있다가 제각각 흩어지기 시작하는 소녀들. 익숙한 얼굴, 체형의 소녀는 지영 쪽을 향해 철퍼덕 자리에 앉았다.

짜르르르르……

일시에 일어난 소름이 등골을 타고 내달렸다. 꿈틀, 지영은 태어나서 가장 험악하게 인상을 썼다.

'어째서……'

기억났다.

저 얼굴, 저 체형, 저 머리색, 저 미소까지.

모든 게 생각났다.

'어째서 당신이… 여기에 있는 거지?'

동시에 기억 서랍이 훅! 지영의 의지를 배반하고 열렸다. 그때의 기억이 홍수처럼 쏟아져 들어왔다. 그녀가 웃는 얼굴이, 그녀가 아파하는 얼굴이, 그녀가 짓던 슬픈 미소가, 그녀가 속삭이던 달콤한 말까지.

전부.

"매… 순."

어째서, 어째서 당신이… 이곳에 있는 거야?

chapter7
천 년이 지났지만

잊을 수가 있나.

매순이다.

매순.

999번의 환생 중에 지영이 정말로 진실하게 사랑했던, 몇 안 되는 여인들 중 한 명이다. 그 당시의 처절했던 애원과 울부짖음은 잊을 수가 없었다. 그녀가 모진 고문을 당하고 창고에 갇혔을 때, 아무것도 못했던 자신의 존재가 그렇게 원망스러울 수 없었다. 빌어처먹을 시대의 명령을 어길 용기를 결국 내지 못한 자신의 존재가 그렇게 초라해 보일 수가 없었다. 그래서 울었다. 아니, 울부짖었다. 그녀가 창고에서 죽었을 때, 짐처럼 자신의 앞에 던졌을 때, 그때, 그건 지영이 가진 가장 서럽고,

가장 화나고, 가장 처절하고, 가장 슬펐던 삶 중 하나로 단단
히 자리 잡았다. 그런 기억 서랍이 지 혼자 멋대로 열렸고, 자
연히 머릿속에 자동 영사기가 쏴주는 영화처럼 당시의 기억이
떠올랐다.

"가가, 우리 도망갈까요?"

지주의 아들놈이 던지는 추파가 나날이 강해지자, 힘없이 웃
으며 자신을 향해 했던 말. 그때 왜 안 그랬을까. 드넓은 중원
천지에 두 사람 살 곳이 설마 없었을까? 그때 그녀의 말을 듣
고 만약 도망을 갔더라면, 매순은 그렇게 죽지 않았을 것이다.

빤…….

시선을 느꼈나? 숨을 몰아쉬던 그녀가 고개를 들어 지영을
마주 봤다. 끔뻑, 끔뻑. 몇 차례 눈을 깜빡이더니 벌떡 자리에
서 일어났다.

'설마……?'

알아봤나?

아니었다.

이번엔 꾸벅! 허리를 90도로 숙여 인사를 했다. 당연히 그
인사는 송지원을 향한 것이었다. 그녀가 송지원에게 인사하자,
다른 연습생들도 모두 송지원을 향해 인사를 했다.

'못 알아보는구나.'

쪼르르 도열해 지원을 바라보는 연습생들의 눈에는 경외감,

존경 등이 담겨 있었다. 하긴, 송지원 정도면 가수가 아니더라도 저런 눈빛을 받을 만했다.

"가요."

그런데 뭘까, 이 씁쓸함은.

송지원이 움직이자 다시 꾸벅, 고개 숙여 인사하는 연습생들. 지영은 그 틈에 있던 그녀에게 다시 시선을 주지 않았다.

"바로 사무실로 가요."

"그래."

지영의 목소리가 가라앉았기 때문일까? 평소라면 '왜? 딴 데도 돌아보자!' 했을 텐데 송지원은 조용히 지영의 의견을 따라 줬다.

보라매의 사무실은 꽤나 많다. 파트도 한두 곳이 아니다. 홍보팀부터 시작해 매니지먼트 1, 2, 3, 4, 5팀까지 있을 정도다. 목적지는 지원이 소속된 팀 사무실이었다.

지원의 팀은 1에서 5팀 안에 들어가지 않았다. 그녀는 개인 파트다. 따로 매니저와 메이크업, 코디네이터까지 그 외에 서너 명이 더 붙어서 송지원을 지원한다. 그리고 오늘 지원의 팀은 휴가였다.

그녀가 어제 영화 촬영을 끝냈기 때문이었다. 바쁘게 달려왔으니, 영화가 끝나자마자 바로 일주일 휴가를 줬다.

송지원은 커피를 타오겠다며 휴게실로 갔고, 지영은 짧게 네, 라고 대답한 뒤 소파에 털썩 앉았다.

"하……."

서랍은 닫았다.

하지만 그녀와 함께했던 세월 동안 느꼈던 감정들이 머릿속을 부유하듯 떠다녔다. 기분이 좋지 않았다. 너무나 갑작스럽게 그녀를 만났다. 마음의 준비도 없었다. 훅, 하고 올라왔던 감정은 진정됐으나 잔향이 남았다.

'후우… 좋아할 일인가? 슬퍼할 일인가?'

지영은 종잡을 수가 없었다.

처음이었다.

지영이 999번의 환생을 경험하며, 아니, 이번까지 정확하게 일천 번의 환생을 경험하며 옛 생의 인물과 만난 건 처음이었다. 거짓말이 아니라 진짜 처음으로 만났다. 그래서 지영은 불교의 윤회를 믿지 않았다. 윤회의 교리가 진짜였다면 한 번이라도 만나봤을 테니 말이다. 그래서 처음에 놀랐다.

'얼굴, 외모까지 똑같아.'

기억 서랍과 대조해 봐도 아주 흡사했다. 아니, 흡사한 게 아니라 매순 본인이었다. 매순은 한족(漢族)과 루스키에(Pусскⲏе)의 피를 동시에 지니고 있었다. 루스키에, 지금 말로는 러시안 민족이란 뜻이다.

어머니가 러시아 민족 출신이고, 매순은 그 피를 강하게 받았다. 그래서 한족의 짧은 신장이 아닌 170이 넘는 장신이었고, 외모 또한 러시아인 특유의 느낌이 강했다. 머리색도 흑발과 밝은 금발을 섞어 놓은 색이었다. 눈동자 색은 흑요석 같아, 갈색이 아닌 거의 블랙에 가까운 색채를 발했다.

그래서 어딜 가도 눈에 띄는 미녀가 바로 매순이었다.

"후, 당황스러운데, 이거."

설마 환생자일까? 하는 생각을 해봤다.

하지만 자신을 못 알아보는 걸 보니 그렇게 단정 지을 수는 없었다. 만약 자신을 알아봤다면 최소한 놀라는 척이라도 했어야 했다. 그런데 지영은 자신이 지금 놓친 게 있다는 걸 깨달았다.

'아니지. 나는 그때의 내가 아니지. 그때의 나는 조현(早現). 외모도, 신장도, 다 달랐어. 몰라보는 게 당연한 거야.'

게다가 지금은 여덟 살 꼬맹이다. 이걸 상기하고 나니 몰라보는 게 당연한 일이었다. 두근, 두근두근. 그러자 심장이 뛰기 시작했다. 알아볼까? 말을 걸어볼까? 그런 생각이 불쑥 들었다.

탁.

그 순간 타이밍 좋게 송지원이 커피를 내려놓고 앞에 앉았다. 송지원은 커피, 지영은 시원한 코코아였다. 애라고 커피는 안 주는 송지원이다. 커피를 한 모금 마신 송지원이 예상치도 못한 말을 했다.

"매순."

"네?"

심장의 펌핑이 급속도로 증가했다.

"거기 있던 애들 중 한 명 이름 아냐? 매순, 걔 내가 직접 뽑았어."

"누나가요?"

"응, 오디션할 때 할 일이 없어서 같이 봤거든. 눈에 확 뛰더라고. 외모도 외모고, 라인이 죽여주잖아? 특히 역삼각 라인은 환상적이지. 나이도 이제 겨우 열여섯인데 그 성숙하면서도 러블리한 외모하며, 안 뽑을 이유가 없겠더라고. 춤도 예술이었고."

"……."

그래, 매순은 당시 무희(舞姬)의 삶을 살았다. 그 아름다운 라인에서 나오는 춤은 선녀의 날갯짓과도 같았다, 라고 당시 조현이었던 지영이 말할 정도였다. 지영이 답을 안 했는데도 송지원은 말을 계속 이어갔다.

"아빠가 중국인이고, 엄마가 러시아인이라 했고, 음… 또 뭐더라?"

"여동생이 하나 있겠죠."

지영은 저도 모르게 툭 던졌다.

그래, 당시 매순을 지키지 못한 조현을 원망하고, 또 원망하다 결국 마을을 떠나 버린 동생이 있었다. 그 동생이 떠날 때도 충격에 빠져 있어 노잣돈도 챙겨주지 못했다.

"맞아. 여동생이 하나. 뭐야, 넌 어떻게 아는 거야?"

"……."

지영은 대답하지 않았다.

그냥 아는 사이예요, 라고 매순과 자신의 사이를 정의하고 싶지 않았다. 그렇다고 전생의 연인이었습니다. 비극으로 끝났죠, 라고 대답할 수는 더더욱 없었다.

"뭐, 네가 이상한 게 어디 한두 갠가? 그냥저냥 아는 사이 정도로 알고 있을게."

"네, 고마워요."

"하, 좋다. 얼마 만에 이 시간에 이렇게 쉬냐."

송지원은 상체를 쭉 펴며 고양이 같은 울음을 흘렸다. 지영은 그런 그녀를 보면서 매순에 대한 생각을 천천히 접었다. 지금 이런 상황에서 할 고민은 아니었다. 이런 생각은 혼자 천천히 하는 게 최고였다.

"그보다 어쩔 거야, 할 거야?"

기지개를 다 켠 송지원이 불쑥 물었다.

대화는 늘 이런 식이었다. 송지원이 묻고, 지원은 답하는.

"리틀 사이코패스요?"

"응, 대본은 봤지?"

"네, 보기야 봤죠."

대본만 봤나?

원작이라 할 수 있는 로빈쿡의 돌연변이도 읽어봤다.

유전자 조작을 통해 수정관 임신으로 태어나는 천재들. 어느 시점부터 그렇게 태어난 아이들이 죽고, 그 사고의 중심에 있는 VJ. 윤리, 도덕성이 결여된 사이코패스가 된 VJ를 창조주라 할 수 있는 박사가 자신의 손으로 끝내는 과정을 닮은 의학 스릴러라 할 수 있는 소설이다.

"나도 대본 받았어. 이건 너 아니면 절대로 못 찍을 영화야."

송지원은 신은정이 지영에게 리틀 사이코패스 대본을 주자, 자신도 달라고 졸랐다. 그리고 촬영 중에도 틈틈이 대본을 다 읽었다.

"뭐, 저만 한 애들이 또 없겠어요?"

"없을걸?"

신은정이 그랬었다.

찍고 싶어도 못 찍어 묵혀두고 있었다고. 그 말은 주연인 VJ 역을 맡을 배우가 없다는 말을 돌려 한 말이기도 했다. 웬만한 배우로는 배역 자체도 감당하지 못할 거고, 좀 감당한다고 해도 결국 제대로 소화해 내지 못할 게 분명했다.

즉, 요즘 슬금슬금 충무로에 도는 '괴물 아역'이 아니면 절대로 시작조차 할 수 없는 영화라는 뜻이었다.

"고민 중이에요."

"왜? 그냥 찍지? 신 작가님은 네가 오케이만 하면 바로 준비할 기세던데."

"아직 '제국인가, 사랑인가'가 개봉도 안 했는데요?"

"그거야 박 감독님이 알아서 하면 될 일이고, 네가 한다고 하면 바로 최종 대본 작업에 들어갈 기세서."

"음……."

하긴, 안 그래도 신은정에게 일주일에 한두 번씩은 꼭 연락이 왔다. 직접적으로 묻진 않았지만 그녀는 지영이 꼭 리틀 사이코패스를 해줬으면 하는 마음을 전해왔다. 그 정도 눈치야 차다 못해 넘치게 있었다.

하지만 아직까지 대답을 하진 않았다.

아이답지 않게.

이 명제를 위해 '제대로 배우가 될 것인가?'에 대한 판단이 아직 서지 않았기 때문이다. 관심 받는 것에 대한 부담? 그런 건 없었다. 살아온 삶이 얼마인데, 사람들의 관심에 부담을 느낄까? 게다가 지영은 전생 중에 여인의 몸으로 프랑스 백년전쟁을 뛰어든 적도 있었다. 그때 수많은 군중 앞에서 연설하며 그들의 호응을 이끌어냈고, 종내에는 그들을 이끌었다. 끝이 좋진 않았지만 어쨌든 관심은 문제가 안 된다.

"누나도 하게요?"

"응, 대본 보니까 적당한 대역이 있던데?"

"안 쉬어요? 아, 바로 시작하는 건 아니지."

"후후, 빠르면 올해 안에 시작할 테니까, 시간 여유야 많지. 근데 너 안 하면 나도 안 할 거야. 사실 이쪽은 내 취향이 아니거든."

이런 말을 참 아무렇지도 않게 하다니. 송지원은 이런 식으로 부담 주는 걸 꽤나 즐기는 모양이었다.

"하는 쪽으로 방향은 잡고 있어요."

"그래?"

반짝거리며 다가오는 송지원의 눈빛.

그녀는 이번엔 지영과 연습이 아닌, 실제로 촬영을 해보고 싶었다.

"그럼 찍는다고 치고, 이번에도… 이건이야?"

"…아니요."

만약 이번 촬영을 한다면 배역에 정말 잘 어울리는 전생이 있었다. 14세기 초? 그쯤이었을 거다. 명령이 안 내려와 그냥 평범하게 살고 있다가, 열 살 때쯤 어떤 암살 조직에 납치를 당했다.

어처구니가 없는 일이었지만 정말 그랬다. 자고 있는데 수면향을 흘려 넣어 기절시킨 다음 납치하는데, 이건 막을 방법이 없었다. 그때도 육체는 상당히 단련시켜 놨었다. 지금처럼 과학적으로 키우진 않았지만 또래의 아이들보다는 훨씬 컸고, 힘도 셌고, 검이나 창, 이런 것도 잘 다뤘다. 그렇지만 수면향의 강력함에는 이길 수 없었다.

그렇게 자던 중에 기절했다가, 눈을 뜨니 동굴이었다. 그때부터 시작됐다. 감정을 소거하는 작업이. 오직 명령에만 복종하는 삶이. 약물과 침으로 뇌의 한 부분을 건드린다. 이 과정에서 같이 잡혀온 아이들 중 열에 여섯에서 일곱은 죽어나갔다. 물론 지영은 예외였다. 살아 있는데, 살아 있다는 생각을 못하게 되어버렸다. 강제적으로 말이다. 골 때린 삶이었다. 그렇게 자객이 되었다.

스물인가? 그 정도 임무를 완수했을 때, 명령이 떨어졌다.

'감정을 되찾으라는 명령이었지.'

그러나 약물과 침으로 뇌를 건드려 감정을 죽여놓은 상태라 이게 쉽게 될 리가 없었다. 하지만 시대의 명령은 강력하다. 무의식이 무섭게 질주했고, 감정을 찾기 위한 노력이 시작됐다. 그 결과, 명령에 대한 의문이 생기기 시작했다.

왜 죽여야 하지?

이런 의문이 생겨나자.

이 사람이 뭘 잘못했나?
가족이 슬퍼하지 않을까?
악행을 많이 저질렀나?
너무 착해서 그런가?
연적의 복수?
정적의 복수?
아니, 잠깐만. 그 이전에 나는 누구지?
내 이름은?
내 가족은?
나는 이곳에서 태어났나?

하나의 의문에서 무수히 많은 의문이 파생되기 시작했다. 감정이란 것은 숨긴다고 숨길 수 있는 게 아니었다. 이 인간 찾아서 죽여, 할 때 답은 그 즉시 네, 로 나와야 한다. 하지만 뜸을 들이게 되면?

여기서부터 상부의 의심이 시작된다.

그들은 알아보지도 않고 결론을 내렸다.

결론은 제거였다.

그렇게 그 삶의 끝은 동료의 칼날이 등 뒤에서부터 심장을 관통하는 걸로 끝났다.

'사십구 호.'

감정을 잃었던 삶의 이름이었고, 리틀 사이코패스를 찍게 된다면 지영이 열 기억 서랍의 주인이기도 했다.

$*$ $*$ $*$

방학이 끝났다.

역사적인 폭염도 힘을 잃었고, 살랑살랑 가을바람이 불기 시작했다. 편집이 끝난 '제국인가, 사랑인가'의 개봉일이 잡히자, 캐릭터 예고편이 방송을 타기 시작했다. 그리고 동시에 대대적인 마케팅이 시작됐다.

선남선녀들의 예고편은 엄청난 반향을 일으켰다. 웅장하고 서정적인 사운드 아래 펼쳐지는 애절한 연기, 격정적인 대사. 예고편만으로도 찬사가 이어졌다. 사극 마니아인 박종찬 감독과 신은정 작가가 제대로 한 건 했다며, 영화가 개봉되기만을 기다렸다. 그러나 이상하게도 그렇게 엄청난 영화가 탄생되게 만든 장본인인 지영의 신은 단 하나도 풀리지 않았다. 그 대신, 관계자들 사이에서 의미심장한 발언들이 잇달아 흘러나왔다.

괴물 신인의 등장.

연기 천재의 등장.

요약하자면 이 정도인데, 이 발언은 하나의 오해를 낳았다. 저 괴물 신인을 유민아로 착각한 것이다. 하긴, 그럴 만도 했다. 지영에 대한 정보는 애초에 풀려 있지 않았다. 관계자들은 알지만 대중은 모른다는 뜻이다. 그러니 대중은 괴물 신인, 연기 천재를 유민아로 오해했다. 그래서 큰 반향은 일으키지 못했다.

선선한 바람이 이제 좀 차다 싶은 느낌을 받을 무렵, '제국인가, 사랑인가'의 VIP 시사회가 열렸다.

그리고 초대된 VIP들은 충격에 빠졌다.

괴물 신인, 연기 천재라 했던 이가 누구인지 아주 뼈저리게 겪었다. 캐릭터 등장 시간 총 10분. 이 10분은 100분보다도 짧았다.

엔딩 크레딧에 나오는 이름.

숙 아역 역: 강지영.

질문이 쏟아졌다.

누구냐, 저 미친 연기를 보여주는 아역 배우가. 어디서 발굴했냐, 누가 캐스팅했냐, 경력이 몇 년이냐 등등 주연배우들이 아닌 아역 배우에게 모든 질문의 초점이 맞춰지는 초유의 사태가 발생했다. 앞에 주연배우들을 앉혀놓고 이런 질문을 하는 것 자체가 굉장히 무례한 짓이지만 평론가들이나 기자들은 그걸 느끼지도 못했다. 박종찬 감독은 굉장히 적은 정보만을 풀었다.

그 때문에 난리도 아니었지만 곧 알게 될 거라는 말만 남기고는 시사회를 종료해 버렸다. 그리고 그날 저녁, 대한민국 영화 평론가 중 가장 신뢰받는 김동석 평론가는 자신의 SNS에 이런 글을 남겼다.

괴물의 등장. 상상 그 이상의 연기는 당신들을 혼란과 공포로 몰아넣을 것이다.

이 한 줄로 '제국인가, 사랑인가'에 대한 관심은 극을 향해 달려가기 시작했다. 기자들도 이번엔 손을 잡았는지 정보를 엄청 적게 풀었다. 그저 괴물 신인의 등장, 연기 천재의 데뷔 등등 정도의 기사밖에 내지 않았고, 강지영에 대해 은밀히 알아보기 시작했다. 손에 쥐고 있어야 영화가 개봉하고 이슈가 될 때 기사를 낼 수 있기 때문이다. 낭중지추라, 그렇게 조용히 강지영의 이름이 주머니를 뚫기 시작했을 때, 지영은 리틀 사이코패스의 출연을 확정지었다. 그리고 출연 배우들과 조용히 회동을 가졌다.

　　　　　*　　　　　*　　　　　*

　한식집인데 일반적인 한식집과는 전혀 다른 한식집이다. 고
급 한옥. 딱 떠오르는 단어가 있었다.

　요정(料亭).

　승루옥(承鏤屋)이란 이름을 가진 고급 요릿집에 모인 사람들
의 면면은 정말 화려했다. 박종찬 감독과 신은정 작가는 당연
히 있었고, 송지원이 함께했다. 그리고 다른 한 사람, 극을 이
끌어갈 양대 주인공인 이중석 박사 역할을 맡은 배우 김윤식이
었다.

　'실물로 보니 확실히 느낌이 다르긴 하네.'

　지영은 김윤식을 처음 봤다.

　그러나 티비에서는 매우 많이 봤다.

　배우 김윤식.

　한국 영화 10년을 얘기할 때 최민석, 송강우, 황정문과 함께
절대로 빠질 수 없는 인물이었기 때문이다. 그러니 연기력은
당연히 장난 아니다. 배역을 자신의 캐릭터에 딱 맞춰 버리는
독특한 메소드 연기의 달인이 바로 김윤식이었다. 그런 김윤식
이 자리에 앉자마자 지영을 똑바로 바라봤다.

　보통의 아이라면 무서워서 고개를 돌렸겠지만 지영이 어디
보통 아인가? 지영은 김윤식의 시선을 똑바로 마주 봤다.

　"……."

　"……."

주연배우들의 기세 싸움이 시작됐다.

그걸 아는 박종찬 감독과 신은정 작가는 말리지 않았다. 같이 나온 송지원도 마찬가지였다. 김윤식이 애를 잡고 싶어서 저러는 게 아니라는 것도 알고 있었고, 지금까지 봐온 강지영이 저 정도 눈빛에 주눅이 들 아이가 아니라는 걸 알기 때문에 나온 방치였다. 두 사람의 눈싸움은 좀 오래 갔다.

3분이 지나고, 5분이 다 되어갔을 때, 김윤식의 입가에 슬그머니 미소가 걸렸다.

"너구나, 괴물 신인이."

"네, 강지영입니다."

기 싸움은 끝났다.

김윤식이 지영을 인정하는 걸로.

"반갑다. 배우 김윤식이다."

손을 쭉 뻗어오는 김윤식. 지영은 그 손을 잡았다.

"그나저나 정말 여덟 살이라고?"

"네."

"허……."

'제국인가, 사랑인가'를 찍을 때와는 당연히 달랐다. 지영은 그사이 키가 더 컸다. 이번에도 폭풍 성장해서 145까지 갔다. 초등학교 1학년인데 신장이 145? 커도 너무 컸다. 헛, 웃음을 흘린 김윤식이 다시 말했다.

"연기도 봤다. 장난 없드라, 니?"

"감사합니다."

"음… 뭔가 좀 달라."

김윤식은 역시 감이 좋았다. 지영의 모습에서 뭔가를 느낀 것 같았다. 그를 뺀 세 사람은 이미 이런 지영의 모습에 익숙했다. 지영도 두 번째 명령 때문에 아이다운 척을 벗어던졌다. 이러니 분명 지영을 처음 만나 얘기를 나누다 보면 느끼게 된다.

여덟 살이란 나이와 체격, 말투, 눈빛에서 나오는 이질감, 괴리감 등을 말이다. 김윤식은 그걸 바로 느꼈다.

"마치 내 또래랑 대화하는 기분이야. 니 정말 여덟 살 맞나?"

"네, 아직 여덟 살이에요."

"허, 참. 기분 요상하구만. 하긴, 그런 연기가 단순히 천재성만으로 가능할 리가 없지. 세월의 연륜이 있어야 돼. 특히 몇몇 장면에서는 도드라지게 보여. 너, 어떤 삶을 산 거냐?"

"평범한 가정… 은 아니네요. 아버지가 검사시고, 어머니도 변호사인 나름 유복한 가정에서 컸어요."

솔직히 평범한 가정은 아니었다.

두 분의 직업이 워낙에 대단하니 말이다. 특히 아버지는 최연소 부장검사 타이틀도 가지신 분이다.

하지만 김윤식이 듣고자 하는 건 그게 아니었다.

"그런 거 말고. 뭐 학대당하거나 그런 거."

"없죠, 당연히. 사랑받고 컸습니다."

"그래? 참내… 그런데 그런 연기가 가능하다?"

"저랑 지금 대화하고 계시잖아요. 왜, 힘들어 보여요?"

툭, 지영의 도발이 날아갔다.

보통의 아이들은 아마 김윤식의 눈도 제대로 못 쳐다볼 것이다. 언급했던 네 명의 대배우 중, 최민석과 김윤식은 눈빛이 참 깊었다. 그러나 그건 어른의 기준이고, 아이들의 기준으론 아마 부리부리한 호랑이 눈처럼 보일 것이다. 하지만 흉폭한 그런 눈이 아닌, 뭔가 착 가라앉아 보이는 그런 눈빛이다. 그러니 아무리 날고 기는 아역 배우들이라 해도 김윤식의 눈을 제대로 쳐다보는 게 결코 쉽지 않을 것이다.

"허허허허, 박 감독. 물건인데, 이놈?"

"하하, 내가 얘기했지? 기대해도 좋을 거라고."

"그래, 정말 기대해도 좋겠어. 대본 받았을 때 솔직히 누가 저 배역을 맡겠나 했는데, 이제 보니 이해가 되는군. 찍어도 되겠어."

"그럼 같이하는 거지?"

"물론. 계약서는 알아서 매니저한테 보내고."

"하하, 좋아. 그럼 잘된 걸로 알고, 이제 식사 좀 하자고."

신은정 작가가 바로 콜 버튼을 눌러 요리를 들여 달라 말했다. 고급 요릿집다웠다. 수를 세기 힘든 만큼의 요리가 들어왔고, 식사가 시작됐다.

"송지원이, 너도 하는 거야?"

"그럼요. 지영이가 하는데 당연히 저도 해야죠."

"아는 사이?"

"음, 후원자 정도로 할게요."

"충무로 공주님이 후원자라… 음, 그럴 만하긴 하지. 근데 너 이번에 보니까 연기가 좀 올랐던데. 이 꼬맹이랑 연관이 있나?"

"…호호."

송지원은 조용히 웃는 걸로 답을 대신 했다.

부끄럽진 않은데, 이걸 인정하자니 송지원도 좀 무안한 모양이었다. 앞에서 자신의 얘기가 오가지만 지영은 별로 반응하지 않았다. 나온 음식, 음식을 보자니 사십구 호 때의 기억이 희미하게 떠올랐다. 서랍을 열지 않아 완벽하진 않지만 음식을 대하는 사십구 호의 감정이 느껴졌다.

'음식… 동굴에서 진짜 그지 같은 것들만 먹었지.'

그러다 살수행을 떠나면 그땐 원하는 것을 먹을 수 있었다. 그래봐야 넉넉지 않은 여비 때문에 소채볶음이나, 소면 정도밖에 못 먹었지만 그거라도 입에 들어가면 호사였다. 제대로 먹지 못했던 삶이라, 이런 진수성찬을 눈에 두니 감정이 쭉 가라앉았다. 지영의 분위기가 변하자, 바로 옆에 있던 송지원이 바로 반응했다. 태생적으로 엄청 민감한 그녀였고, 후천적으로 갈고닦은 감각이었다.

타인의 분위기를 느끼거나 읽는 건 이골이 난 그녀였다.

"왜, 맛없어?"

"…아니요."

지원의 질문에 지영은 잠시 머뭇거리다 좀 뒤늦게 대답했다. 사치, 사치, 사치. 이런 단어가 계속 떠올랐고, 먹지 못했던 사십구 호에 대한 연민도 떠올랐다. 그래봐야 자기 자신에 대한 연민이지만 뭐 어떠랴.

"밥상머리서 무슨 생각을 하는 거냐?"

김윤식의 한마디가 툭 날아들었다.

지영은 그 말에 그를 빤히 바라보다가, 천천히 입을 열어 대답했다.

"제이라면 이런 음식을 두고 어떤 생각을 하면서 먹을까, 그런 생각이요."

"뭐……? 허, 하하하하! 이거 진짜 물건이네. 벌써 그런 생각까지 다 하고?"

대답이 너무 의외였는지 김윤식이 대소를 터뜨렸다. 그러다가 자세를 고쳐 앉더니, 지영을 보며 한마디 툭 내뱉었다.

"왜 그랬니?"

어조가 확 변했다.

지영은 듣는 순간 알 수 있었다.

저 대사가 극 중, 같은 방식으로 태어난 동족을 죽인 살인범이 자신이라는 걸 깨달은 이중석이 밥 먹다가 말고 툭 던지는 말이라는 걸.

"뭐가요."

지영은 기억 서랍을 열까 하다, 그냥 됐다. 이미 감정은 충분히 가라앉은 상태다. 포인트는 무감정.

"다 친구들이었어. 너를 돌봐주신 분도 계셨고!"

고개도 들지 않고 국을 휘젓던 김윤식에게서 다시 대사가 나왔고, 다음 대사는 지영이 아닌, 송지원에게서 나왔다.

"당신, 지금 무슨 소리를 하는 거예요?"

"후……."

송지원은 지영의 엄마로 나온다.

지영은 가만히 있었다.

사건의 전말을 알았지만 차마 아내에게 말 못 하는 가장의 고뇌가 다음 차례였기 때문이다.

"대답 안 해줄 거예요?"

"후우, 그런 게 있어. 당신은 좀 빠져봐."

"빠지긴 뭘 빠져요?"

송지원의 목소리 톤이 올라가는 순간 지영이 입을 열었다.

"엄마, 그만해요."

감정이라고는 쥐꼬리밖에 느껴지지 않는 너무 담담한 말투. 아니, 담담함마저 느껴지지 않는 말투였다. 기계에서 나오는 목소리가 저러지 않을까 싶었다. 김윤식의 시선이 지영에게 넘어와 박혔다.

"……."

"……."

지영도 그 눈빛을 피하지 않았다.

사실 들어오자마자 김윤식이 지영을 빤히 봤던 건 다 이유가 있었다. 대본에는 지금처럼 두 사람이 눈빛으로 교감, 혹은 대화, 싸우는 장면이 꽤나 많았기 때문이다. 그러니 자신의 눈빛을 못 받아치면 애초에 촬영 자체가 불가능했다. 신을 소화하지 못하는 배우와 무슨 영화를 찍겠나.

하지만 지영은? 애송이의 눈빛이 전혀 아니었다.

'뭐 이런 놈이 다 있나, 진짜?'

이 길만 몇십 년째 걷고 있는 김윤식이다. 눈빛만 봐도 배우가 무슨 감정을 표현하고 싶어 하는지 딱 알 수 있었다. 연륜이라고 해도 좋고, 스킬이라고 해도 좋다. 그런 김윤식이 보기에 지금 지영의 눈빛은 완벽하게는 아니지만 마치 인형처럼 보였다. 그 정도로도 나쁘지 않았다.

피식.

김윤식이 만족한 웃음을 지으며 돌발 신을 끝냈다.

"졌다, 졌어. 이제 그만 떠보마."

"네."

지영은 김윤식의 말에 짧게 대답하고는 다시 젓가락을 들었다. 못 먹었던 사십구 호를 위해 오늘은 최대한 과식할 생각이었다. 매콤한 양념의 적(炙) 하나를 쥐는 지영. 그런데 김윤식이 아, 하는 짧은 탄성과 함께 툭, 하고 물었다.

"연기가 뭐라 생각하냐?"

"그만 떠본다면서요."

"……."

김윤식은 국을 수저로 뜬 채 지영을 빤히 바라봤다. 지영도 적을 젓가락으로 쥔 채 잠시 고민에 빠졌다. 의도가 있는 질문이었다. 하지만 고리타분한 걸 바라는 것 같지는 않아 보였다. 만족할 만한 답을 줘야 하나? 아니면 그냥 생각하는 그대로 답을 던져줘야 하나, 지영은 잠시의 고민 끝에 후자를 선택했다.

"연기(演技). 배우가 배역의 인물, 성격, 행동 따위를 표현하는 일. 멀리 흐를 연에 재주 기, 합쳐서 연기."

"……"

"제겐 그 이상, 그 이하도 아니에요."

"우문에 현답이군. 클클, 그래. 연기는 그냥 연기지."

그 대답 이후로 식사가 끝나고 헤어지기 전까지 김윤식의 입에서 연기나 작품에 대한 말은 조금도 흘러나오지 않았다.

chapter8
괴물 신인의 등장

낙엽이 지는 10월 말, '제국인가, 사랑인가'의 개봉일 디데이가 끝났다. 압도적인 예매율을 자랑했던 영화는 개봉하자마자 엄청난 충격을 선사했다. 악평? 있기야 있었다. 알바들의 댓글로. 하지만 리뷰와 감상평은 그야말로 엄청난 기세로 쌓이기 시작했다. 그리고 모두가 김동석 평론가의 말뜻을 이해할 수 있었다.

어린 숙 역할의 강지영.

괴물 신인은 유민아가 아니라 강지영이라는 처음 보는 신인 배우였다. 하지만 연기는 가히 충격이었다. 발음, 눈빛, 광기가 몰아치는 기세까지. 특히나 웃으면서 나가는 마지막 신은 전율적이었다고 모든 이가 입을 모아 말했다. 광기 어린 대사를 쏟

아내다가, 갑자기 무슨 말을 들었는지 모든 광기를 지우고 시원한 웃음을 흘리는 그 변환이 믿기지가 않았기 때문이다.

저 장면이 성인 배우들의 연기였다면 이 정도까지 충격은 아니었을 것이다. 하지만 아역 배우다. 게다가 밝혀진 나이는 이제 초등학교 1학년. 고작 여덟 살이다. 나이에서 모두가 다시 충격을 먹었다.

아역은 아역만의 연기 세계가 있는 법이었다.

아무리 날고 기는 아역이라도 저런 연기는 불가능한 법이다. 헐리웃의 유명한 아역들도 지영만큼의 충격을 선사하진 못했다. 하지만 좋은 평만 준 건 아니었다. 너무나 연기를 잘했기 때문에 소름 끼친다는 의견도 많았다. 아이는 아이다워야 한다는, 그런 지론을 가진 이들의 의견이었지만 대세는 아니었다. 그다음은 아역의 연기에 주연배우들의 연기가 먹혔다는 평이었다. 이 평은 대다수가 동의했다.

실제로 순 역할의 김순영, 숙 역할의 이정군까지 자신의 개인 SNS에 그 논란을 인정한다는 글을 올리기도 했다. '제국인가, 사랑인가'에서 가장 빛을 발한 건 자신들도, 송지원도, 간신 귀례도 아닌… 어린 숙이었다고 말이다.

센세이션(Sensation)이라 했던가?

지영의 등장은 그 정도를 넘어섰다.

거의 모든 연예 뉴스가 지영에게 초점이 맞춰졌다. 그러다 보니 당연히 지영이 다니는 학교는 바로 털렸고, 신상까지 털렸다.

부장검사 아빠에 대형 로펌 소속 변호사 엄마. 타고난 금수 저라는 욕도 조금 있었지만 그것도 크게 물고 늘어질 수 없었다. 두 분의 신분 때문이었다. 악플 하나 잘못 남겼다가 고소미라도 당하면 답이 없기 때문이었다.

학교는 당연히 난리가 났다.

쉬는 시간이면 언제나 지영을 보러 온 상급생들로 인산인해를 이루었다. 학교 측의 통제가 당연히 있었지만 그걸 착실히 따르는 학생들이 얼마나 될까?

연예인.

혹은.

유명인.

지영의 신분은 그렇게 변해갔다. 하지만 정작 지영은 크게 신경 쓰지 않았다. 이 정도야 각오했던 일이고, 이런 관심이야 지겹도록 받아본 삶이 여러 번 있었기 때문이다. 그래서 지영이 느끼는 감정은 조금 불편한 정도였다.

실질적으로 피해를 주러 오는 사람도 없었다. 처음에야 막 반으로 들어왔지만 이제는 통제를 해 밖에서 구경하는 게 전부였다. 하지만 지영을 향한 관심은 수업에 지장이 생길 정도였고, 결국 학교는 보조 교사를 둘이나 붙여줬다. 송정아 혼자로는 아이들을 전부 캐어할 수 없었기 때문이다.

기자들은 좀 문제였다. 교문을 막아놓았더니 학부형인 척 들어오는 이들이 있어 학교에서도 엄청 곤란해했다. 그러나 이건 방도가 없었다. 학교가 사용하는 예산은 한계가 있기 때문이었다. 결국 경비원을 한 명 더 고용하는 선이 최선이었다. 하교할 때는 다행히 송지원이 신경을 써줘서 안전하게 갈 수 있었다. 대중에 전혀 나서지 않는 지영에 대한 궁금증은 나날이 커져갔지만 지영은 절대 인터뷰에는 응하지 않았다. 그래서 돌아다니는 정보는 굉장히 한정적이었다. 사진도 몇 장 없었다. 목마른 사람이 우물을 판다고 했던가? 뒤지고 또 뒤진 끝에 결국은 지영의 유치원 사진까지 등장했다.

하지만 그렇게까지 하는데도 지영은 대중 앞에 서지 않았다.

이유야 있었다.

아직 때가 되지 않았기 때문이다.

명령을 이행함에 있어 무작정 달려갈 필요는 없었다. 사실 지영이 그려 놓은 그림은 따로 있었다.

처음으로 대중 앞에 서는 시기는 리틀 사이코패스의 제작 발표회가 될 것이다. 그리고 그날은 그리 멀지 않았다.

* * *

"후……."

지영은 영화를 위해 몸을 만든다는 소리를 들어본 적이 있었다. 하지만 그게 자신에게 해당될 줄은 몰랐다. 극중 제이는 굉장히 마른 편이다. 하지만 지영은 굉장히 단단한 체형이었다. 그럴 수밖에 없는 게 운동을 새벽, 저녁으로 한다. 게다가 외모는 임미정을 닮았지만 체형은 강상만을 닮아 발달이 굉장히 빨랐다. 떡 벌어진 어깨는 결코 초등학생처럼 보이지 않았다. 그런 몸이라 지영은 스스로 체중 감량에 들어갔다.

식단 조절을 병행한 데피니션은 확실히 빡세긴 했다. 게다가 먹는 것에 좀 예민한 구석이 있는 지영이고, 사십구 호 또한 그렇다 보니 정신이 확실히 날카로워졌다. 신은정 작가는 물론 박종찬 감독과 송지원도 그렇게까지 안 해도 된다고 말렸다. 덩치는 산만 해도 아직 여덟 살이다. 무리한 식단 조절이 지영의 건강에 해를 끼칠까 염려가 됐다.

하지만 지영은 웃음으로 답했을 뿐, 결코 안 하겠다는 소리는 하지 않았다. 식단을 시작한 지 삼 주 차, 지영은 굉장히 날카로운 외모를 가지게 됐다. 극 중 제이는 병약한 체형, 외모로 나온다.

지영은 자신의 외모, 육체를 최대한 제이에게 맞출 생각이었다.

으적, 사과 반쪽을 먹으며 지영은 대본을 읽고, 또 읽었다. 내용이야 이미 머릿속에 다 있었다. 대사도 전부 기억하고 있었다. 하지만 지영은 읽고, 또 읽었다.

도덕성이 결여됐지만 그 대가로 머리가 너무 좋은 돌연변이 소년 제이. 신경이 예민하고, 날카롭고 정도가 아니라 그냥 그 부분에 대한 감정만 없다. 사람을 죽여도 어, 죽었네? 정도의 반응밖에 하질 못하는, 어찌 보면 슬픈 존재다. 그리고 신은정 작가에게 아직 알리지 못했지만 지영은 좀 부족함을 느꼈다.

'표현이 문제네. 사십구 호의 삶으로 가는 건 결정됐지만 이

안에서도 다른 캐릭터 성은 필요할 것 같기도 하고.'

사십구 호가 있으니 마음만 먹으면 정말 희대의 사이코패스를 만들어낼 자신은 있었다. 하지만 왜일까, 완벽하다! 란 말이 떠오르질 않았다. 어딘가 부족한 부분이 있는데 그걸 찾지 못한 기분이다. 신은정 작가는 원작의 내용을 전부 따라갈 생각이 없었다. 하지만 그래서일까? 지영은 제이라는 캐릭터가 조금 다른 맛을 냈으면 싶었다.

으적. 사과를 한 입 물고 다시 생각에 잠기는 지영.

'뭘까, 뭐가 부족한 걸까. 인간미? 그럴 리가 없지. 아예 가지고 태어나질 못했는데.'

정말 극한 사이코패스만 연기해야 하는 건가?

후우. 사과를 씹어 넘긴 지영은 사락, 대본을 한 장 넘겼다. 사락, 또 한 장. 또 한 장. 그렇게 순식간에 반권 분량을 보던 지영은 대본을 덮었다. 이래서는 안 된다. 답이 나오질 않았다. 무의미한 시간 낭비라 생각된 지영은 몸을 일으켰다.

지영이 몸을 일으키니 한쪽에서 꾸벅거리고 있던 서소정이 인기척에 흠칫! 놀라며 깼다. 지영은 아직도 매니지먼트를 고르지 않았다. 송지원이 '올래?' 하고 한 번 묻고 말았고, 김윤식도 '같이할래?' 하고 한 번 묻고 말았다. 둘 다 지영에게 부담을 주고 싶지 않아서 나온 배려였다. 그 외에도 접촉이야 엄청 많았지만 지영은 다 거절했다. 그리고 서소정과 같이 다녔다. 그 결과, 민아의 소속사 매니저이면서도 지영과 보라매에 있는 시간이 더 많아졌다. 그래도 어쩌겠나.

'저 누나가 편한데.'

오늘도 군말 없이 보라매까지 같이 와서 이렇게 시간을 같이 보내준 서소정이다. 그래서 이제는 제법 친해졌다.

"갈까요?"

"으음, 시간이…… 어머, 일곱 시네. 미안, 미안. 누나가 너무 정신 놓고 잤네."

"괜찮아요. 천천히 준비해요."

부산을 떨며 일어난 서소정이 얼른 갈 준비를 했다. 송지원에게 간다는 메시지를 보내고, 지하로 내려와 차에 오르는 지영.

"저녁은?"

"사과 먹었어요. 누나는 아직이죠?"

"난 집에 가서 먹으면 돼. 바로 집으로 갈까?"

"네, 그렇게 해주세요."

운전 실력이 좋은 서소정. 부드럽게 지하를 나와 대로에 합류, 퇴근 시간의 도로를 40분간 달려 지영의 집 앞에 도착했다.

"내일은 괜찮아요. 집에서 쉴게요."

"그래, 알았어. 몸 관리 잘하고! 혹시 필요한 게 있으면 연락하고!"

"네네, 매니저 누나."

"호호, 그럼 간다. 조심해서 들어가!"

서소정의 차가 출발하고, 지영은 집으로 들어가려다가 잠시 멈칫했다. 싸하다. 목덜미가 시큰거리는 감각. 지영은 이런 감각을 한두 번 느껴보는 게 아니었다. 한기가 으스스하게 드는 것처럼 심장을 옥죄어오는 무형의 기세.

살심(殺心).

'누가……?'

표적은 자신이었다.

지영의 집은 그리 좋은 집이 아니었다. 두 분 직업이 좋긴 해도 너무 바빠 이사할 시간도 없었다. 그리고 단독주택이라 크게 문제될 것도 없었고, 태어날 때부터 정이 들어 아직까지 살고 있었다. 즉, 경비원의 존재가 없다는 뜻이다.

'그건 그렇다 치고… 누구냐고.'

이렇게까지 자신을 죽이고 싶어 하는 사람이 있다니. 그럴 일을 한 적이 있던가? 생각해 보는 지영.

'있구나.'

그럼 그 사람이 맞는지는 확인해 보면 안다. 지영은 패딩 속 핸드폰을 능숙하게 조작해 112에 전화를 걸었다. 그리고 자연스럽게 손에 쥐고 뺀 채, 천천히 돌아서는 지영. 골목 아래, 전신주 뒤에 대놓고 서 있는 여자. 예전보다 살이 많이 빠졌지만 보자마자 알 수 있었다. 눈에 확 들어오는 삼백안. 4년 전, 화장실의 창문에서 내려다보던 그 눈빛이었다.

'몇 년 받았더라?'

이정숙이었다.

"오랜만이에요."

"……"

경찰서 일 이후 아예 신경을 껐다. 그런데 이렇게 되돌아온 걸 보니 참 어이가 없는 지영이다.

"언제 나왔어요?"

"……"

이정숙은 역시 대답이 없었다.

이정숙이 저러는 이유야 솔직히 차고 넘쳤다. 물론 그녀 스스로 생각했을 때만. 지영은 사회 정의를 구현했을 뿐이다. 그 결과 이정숙은 구속되었고, 교도소에 수감되었다. 하지만 그랬다고 반성했을까?

아마 그건 사람마다 천차만별일 것이다.

그리고 이정숙은 반성하지 않은 쪽 같았다. 그게 아니라면 지금 이 자리에 서 있을 이유가 없을 테니까.

복수.

그 가능성 또한 배제할 수 없었다. 하지만 지영은 조금 당황했다가, 이내 안정을 되찾았다. 지금은 예전의 몸이 아니었다. 틈틈이 단련해 놓은 몸은 지영의 의지에 아주 확실히 따라줬고, 근력, 근지구력도 또래의 아이들을 훨씬 뛰어넘었다. 그리고 지영에게는 수백 개의 기억 서랍이 있다.

개중에는 무(武)의 길을 걸었던 기억이 못해도 백 이상이다. 하지만 그럴 필요도 없었다. 아무런 운동도 배우지 않은 여인 정도는 이제 충분히 상대 가능하니까.

"그냥 얼굴 보러 왔어요? 사람을 찾아왔으면 말을 해요, 이정숙 씨."

"……"

그 말에 이정숙은 또 침묵으로 답했다가, 이번엔 움직였다. 스르륵. 뒷걸음질을 쳐 골목의 어둠 속으로 사라져 갔다.

어째서?

…라는 의문이 지영의 머릿속에 떠올랐다. 하지만 달려들지 않고 도망쳐 주면 당장이야 좋…….

지이잉.

콰과곽!

뇌리로 벼락이 쩍! 내려 꽂혔다. 그리고 들어오는 시대의 명령. 온몸이 감전된 것처럼 짜릿한 감각이 전신을 뒤흔들었다. 그래서일까? 지영의 인상이 와락 일그러졌다. 고통 때문이 아닌, 명령 때문이었다.

경험하라.

뭘, 이번 생의 첫 살인을?

느닷없이 내려온 명령과 이정숙의 등장. 그리고 열린 사십구 호의 기억 서랍이 지영의 눈빛을 순식간에 바꾸어놓았다.

이정숙은 그대로 그렇게 골목의 어둠 속으로 사라졌다. 그런데도 지영은 그녀가 사라진 어둠을 시리게 빛나는 눈빛으로 바라봤다. 등 뒤에서 동료에게 심장을 뚫리고 죽은 사십구 호의 삶. 등 뒤에서 나타난 이정숙. 이 상황이 맞물리면서 죽기 직전 사십구 호의 감정이 빠르게 지영에게 스며들어 왔다.

게다가 시대의 명령.

난데없이 의미도 불분명한 명령이 내려와 지영의 짜증과 같이 맞물렸다. 쫓아갈 뻔했다. 정말 농담이 아니라 시선을 맞춘 채 뒷걸음질 치던 이정숙을 쫓아가, 손에 쥔 폰으로 얼굴을 그대로 내려찍어 버리고 싶었다. 지금도 그런 충동이 일어났다. 폭력에 대해 너무나 자각이 없는 사십구 호의 기억이 맞물려 버린 결과였다.

하지만 지영이 누군가.

폭군의 기억조차 받아들였고, 버텨냈던 이다. 고작 이 정도로 평정을 잃진 않았다.

'엉망이군.'

여러 가지 의미로 현 상황이 진짜 엉망이었다.

―신고자분? 신고자분!

손에 쥐고 있는 폰에서 여경의 목소리가 들려왔다. 지영은 잠깐 받을까 하다가, 그냥 끊었다. 저 멀리서 사이렌 소리가 들리고 있었기 때문이다. 눈빛을 풀고 어둠을 바라보길 잠시, 순찰차가 지영의 집 앞에 멈춰 섰다.

"신고하신 분인가요?"

나이 지긋한 경찰과 그 옆에 젊은 여경. 물은 이는 여경이이었다.

"네, 제가 신고했어요."

사실 신고라고 할 건 없었고, 지영의 목소리를 들려만 줬을 뿐이었다. 하지만 그래도 관할서에서는 바로 순찰차를 보냈다.

이건 나름 빠른 일처리였다.

"무슨 일이 있었나요?"

여경의 질문에 지영은 좀 전에 있었던 일을 상세하게 설명해 줬다. 그리고 그 여자가 자신이 4년 전 감옥에 넣었던 아동 성추행범이라는 사실도 전했다. 그러자 바로 굳은 얼굴이 된 경찰들은 서에 연락을 했고, 지영은 집으로 들어갔다. 같이 있겠다고 했지만 그러고 싶지 않았다. 어차피 곧 부모님이 오실 테니까. 그리고 지금 당장은 혼자 있고 싶었다.

싸늘한 공기가 감도는 거실.

지영은 불도 켜지 않고 어둠 속을 걸어 소파에 앉았다. 컴컴한 동굴에서 생활했던 사십구 호의 영향 때문에 어둠이 익숙하게 느껴졌다.

"아, 시발……."

그리고 지영의 입에서 욕이 흘러나왔다. 머리가 복잡하다 못해 터져 나갈 것 같았다. 일단 이정숙은 아무래도 출소한 것 같았다. 그리고 사는 지역이 이곳이든, 아니면 멀든… 지금 자신을 찾아왔다. 어떤 마음으로 왔을까? 좋지 않은 마음이라는 데에 지영은 뭐든 걸 수 있었다.

복수심.

그래, 찾아온 이유로는 그게 가장 타당하니까.

'분명 보호 관찰 신분일 텐데… 겁도 없어.'

성범죄를 저지르면 출소했다고 바로 자유의 신분이 주어지는 게 아니다. 전자 발찌라는 걸 발목에 차고 생활해야 하며,

그 발찌를 통해 현재 위치를 해당 센터에서 볼 수 있다. 일정한 거주 구역이 있고, 그걸 넘어가면? 곧바로 경찰이나 보호 관찰소 직원들이 출동한다. 그런 걸 생각하면 이정숙의 구역은 이곳과 멀지 않다.

'하긴, 다녔던 유치원도 이 근방이니까, 이 근처에 사는 게 이상하진 않겠지.'

그럼 신고자와 가까운 지역인데, 왜 그냥 뒀을까? 정부 기관이 하는 일이 그렇게 정교하지 못하다. 벌써 4년이나 지났으면 그 정도야 잊고도 남을 시간이다.

'뭐, 그건 넘어가고.'

이정숙의 일은 그 정도로 정리했다.

나머지는 그냥 부모님께 말씀드리면 될 뿐이다. 그럼 가장 확실한 '이사'라는 방법이 나올 것이다.

'문제는… 시대의 명령이지. 경험하라? 대체 뭘? 뭘 경험하라는 거지?'

경험의 범위가 너무나 넓다.

하나씩 열거해 볼까?

'폭력, 살인, 사랑, 영광, 이별 등등……'

이 정도가 끝일까?

훨씬 많을 것이다.

단순하게 열거한 게 겨우 저 정도다.

좋지 않은 것과 좋은 것들이 뭉텅이로 섞여 있을 것이다. 지영은 이번만큼은 정말 짜증 났다.

"대체 왜……."

나한테 왜 이래?

지영은 자신을 이렇게 굴리는, 신이라 불릴 존재에게 물었다. 낮게 그릉! 하고 나온 말에는 숨길 수 없는 적대감이 스며들어 있었다. 게다가 짜증과 분노만큼의 지분을 차지하고 있는 감정이 하나 더 있다.

당황이었다.

내색은 안 했지만 더블 명령이다.

동시에 명령이 두 개나 떨어졌단 소리였다.

'지금까지 총 세 개. 하나는 완료했고, 남은 둘은 현재 진행 중인 상태……. 이상해, 이상하다고 이건 정말…….'

돌발 변수라 해야 할까?

이번 생은 그런 게 너무 많이 일어나고 있었다. 명령과 옛날 그 얼굴 그대로 환생한 매순의 존재까지.

이변? 이런 게 일어나다 보니 종잡을 수가 없었다. 지영은 애초에 자신의 삶, 생, 자체가 신이란 타인에 의해 흔들리며 산다. 999번의 삶이 지속되면서 이제는 완전히 포기한 채 살고 있기도 하다.

언제 끝날지 기약도 없는 환생의 굴레에서 벗어날 생각, 고민 자체가 이제는 지겹다 못해 진절머리가 난다. 하지만 그래도 지금처럼 이렇게 뒤흔들리는 건 경험할 때마다 짜증이 났다.

"얼마나, 어디까지, 언제까지, 흔들 생각인 거냐, 응?"

물었으면 좀 답이라도 주던가.

맹목적으로 이렇게 사람을 괴롭히면서 대체 뭘 위해서, 뭘 원해서 그러는 건지 답이라도 좀 해줬으면 속이라도 괜찮겠다고 생각하는 지영이었다. 하지만 이런 고민은 수천 번을 했고, 결국 답은 나오지 않았다. 의심 가는 부분은 있지만 이는 말 그대로 의심이었다.

'신이 되는 여정. 하지만 정답이라고 단언할 수는 없지.'

시대의 명령. 이건 다른 말로 해석해 보면 '시련'이라고 해도 좋았다. 실제로 무수히 많은 시련을 겪지 않았나. 그러니 '신'이란 존재는 지영에게 명령을 통한 시련을 내려, 뭔가를 얻고 싶어 할 것이다.

'신이 있다면 정말 심심해서 날 이렇게 굴리는 건 아닐 테니까.'

이유 없는 결과는 없다는 게 지영의 지론이었다. 이유가 있어야 과정이 생기고, 이내 결과가 나타난다. 그러니 신은 분명 지영에게 뭔가를 원할 것이다. 그렇지만 원하는 게 뭔가에 대한 답은 여전히 알 수 없는 지영이었다.

'그만하자. 구백구십구, 지금까지 천 번의 삶을 살면서도 해답을 찾지 못한 문제니까.'

지영은 생각을 딱 접었다.

이 이상 이런 생각은 어차피 시간 낭비, 감정 낭비니까. 타이밍 좋게 생각을 접자마자 삑삑삑삑삑, 하고 현관의 전자 도어에 비밀번호가 입력되는 소리가 들렸다. 경찰의 연락을 받은 임미정이 날듯이 집으로 왔기 때문이었다.

지영은 소파에서 일어나 거실 불을 켰다.

"아들!"

"오셨어요?"

지영은 아무렇지 않은 얼굴로 임미정을 맞이했다. 아이다울 필요는 없지만 엉엉 우는 얼굴로 맞이했다간 오히려 더욱 의심을 살 게 뻔했기 때문이다. 잠시 후 강상만도 서둘러 귀가했고, 이사 건에 대한 얘기가 역시나 흘러나왔다. 그 얘기를 조용히 듣던 지영의 머릿속에 불쑥 드는 생각.

'아, 민아는… 어쩌지?'

유민아의 존재.

그 아이는 생각보다 큰 걸림돌이 될 것 같은 예감이 드는 지영이었다.

*   *   *

다음 날 바로 강상만의 강력한 항의가 보호 관찰소와 관할 서로 떨어지고 삼 일이 지났을 때, 임미정과 강상만은 번갯불에 콩 구어 먹듯 이사 갈 곳을 정했다. 현재 있는 곳에서 완전히 정반대 편에 있고, 차로 이동해도 한 시간은 걸릴 거리에 있는 고급 주택이었다. 두 사람 다 층간 소음은 싫어하고, 지금까지 마당이 있는 주택에서 살아왔던 터라 이번 선택도 당연히 주택이었다. 다만 전 집과 다른 점은 주택촌이라, 경비가 제법 잘되어 있었다. 사방에 CCTV가 깔려 있는 건 물론이고, 용건이 없으면 아예 출입이 불가능한 동네였다. 계약서에 도장을 찍고, 이삿날까지 그 자리에서 정해졌다. 그리고 지영의 예감은 현실이 되었다. 학교에 전학 의사를 전달하고, 담임선생님이 그 사실을 반 아이들에게 통보했을 때, 민아는 그야말로 난리가 났다.

울고, 악 쓰고, 뒤집어지고, 자지러지고, 이것저것 닥치는 대로 주워서 죄다 내던지고, 한 시간을 난리 발악 브루스를 치다가 탈진해서 기절하듯 잠들어 버렸다. 민아의 어머니인 정미정이 와서 데려간 뒤에 송정아가 너무 지쳐 1시간이 지나서야 수업이 시작됐을 정도였다. 이 일의 원흉이라 할 수 있는 지영은 학교종이 땡땡땡 치자마자 보라매로 튀었다.

"아이고, 진짜?"

"그렇다니까요. 아… 지친다, 지쳐."

지영의 한숨 섞인 말에 송지원은 고개를 절레절레 저었다. 그 전에는 관심이 없었지만 이제 지영의 친구이니 민아에 대해서도 좀 알아본 그녀였다. '제국인가, 사랑인가' 전에도 지영은 꼬마 매니저라 불렸었다.

민아가 지영이 안 가면 스케줄 자체를 안 움직여 생긴 별명이었다. 보통의 아이들이 그렇듯, 그런 관심은 곧 새로운 관심사가 생기면 사라지게 마련이다.

"민아는 좀 과하네. 왜 그러지? 부모님 사랑을 못 받아 그런가?"

지원의 말에 지영은 고개를 천천히 저었다. 부모님 사랑? 그럴 리가. 민아 어머니인 정미정이 말수가 없는 편이긴 해도 사랑과 관심은 차다 못해 넘치게 주셨다. 그건 지켜보고만 있어도 알 수 있었다.

따뜻하고, 너무나 자애로운 눈으로 민아를 보기 때문에 정말 모르려야 모를 수가 없었다.

"아닐걸요? 민아도 사랑 많이 받고 컸어요."

"그래? 그런데 왜 그런데? 처음 만났을 때부터 그랬다며?"

"네. 이상하게 첫날부터 제 옆에 붙어서 한 발자국도 안 떨어졌어요. 오죽하면 화장실도 따라오려고 했다니까요?"

"그래? 그 나이에 이성적 감정에 눈을 떴을 리는 없고. 음, 이상하네? 그렇다고 네가 엄청 컸던 것도 아니라며."

그렇기도 하다.

지금도 둘의 신장이 비슷하지만 그때도 그랬다. 또래 아이들보다 항상 머리 하나, 좀 성장이 빠른 아이도 머리 반은 차이가 났지만 민아와는 거의 비슷했다. 지금까지의 성장도 그렇다. 지금도 민아가 좀 더 컸다. 민아는 거의 148에서 150 사이를 왔다 갔다 하는 초 자이언트 베이비니까.

"아, 모르겠어요. 뭘 물어보고 싶어도 애가 이상하게 생각하는 건 아직도 네다섯 살 레벨이라."

"곤란하긴 하겠다, 그래서 어떡하려고?"

"어르고 달래봐야죠. 저러다가 진짜 숨넘어갈까 겁나요."

"그 정도였으면 그럴 수도 있겠네."

조용히 튀면?

그것도 패스다. 민아가 무슨 짓을 저지를지 알 수가 없어서였다. 어쩌면 지영을 찾겠다고 무작정 따라나설 가능성도 있었다. 아니, 그럴 가능성이 아주 농후하다. 그러니 이사를 가고, 전학을 가더라도 민아 일은 꼭 해결을 하고 가야 했다.

"뭐, 그건 제가 알아서 할게요. 근데 어떻게 됐대요? 오늘 결정 난다고 했던 것 같은데?"

"응, 지금 박 감독님이랑 신 작가님이 대표자들 만나서 회의하고 있어. 아마 어렵지 않게 승인 날걸? 영화 하나 찍는 데 한두 푼 드는 게 아니긴 하지만 블록버스터급도 아니고, 그렇게 많이 안 들어갈걸? 그러니 그 정도 금액이면 어차피 투자자들이야 널리고 널렸으니까. 만약 안 한다고들 해도 회사 차원에서 움직일 수도 있어. 우리 그 정도 능력은 되거든. 부족하면 내가 좀 투자해도 되고."

"그렇긴 하겠네요."

리클 사이코패스의 제작비는 그리 많이 들지 않을 것 같다는 결론이 났다. 일단 CG 작업 자체가 거의 없고, 수백의 엑스트라를 고용할 것도 아니고, 차를 펑펑 터뜨릴 것도 아니기 때문이다.

"아마 내년 초쯤엔 찍을 거야."

"빠르네요?"

"그럼, 네가 어디로 도망가기 전에 빨리 찍어야 된다고 두 분 마음이 급하거든, 후훗."

피식.

현재 개봉 4주가 다 되어가고 있는 '제국인가, 사랑인가'는 그야말로 대박이 났다. 무시무시한 기세로 올라가더니, 개봉 이주 만에 딱 천만을 넘겼다. 이 주가 더 지난 지금 시점에서는 슬슬 불이 꺼져가고 있긴 하지만 그래도 그게 어딘가. 천만이란 단어는 마법 같은 단어다. 그래서 결코 이루기도 쉽지 않은 일이었다.

그렇게 전작의 열기가 아직 식지도 않았는데 박 감독과 신 작가는 투자자들을 만나러 다녔다. 리틀 사이코패스의 제작비 때문이었다. 물론 급하게 움직인다고 곤란한 건 아니었다. 솔직히 강지영이란 존재가 사기급 패였기 때문이다. '제국인가, 사랑인가'의 흥행 주역 중 하나이자, 가장 강력한 주인공이라 할 수 있는 강지영의 존재는 사실 꺼내기만 하면 게임을 끝낼 패였다.

다만 그중에서도 가장 깨끗하고 조건이 좋은 투자자들을 찾기 위해 벌써 며칠째 미팅 중인 두 사람이었다. 그렇게 제작과 사전 준비 과정을 정말 번갯불에 콩 구어 먹듯 진행하고 있었다.

그 이유는 다름 아닌 지영이 마음을 돌리면 어쩌나 하는 걱정 때문이었다. 웃기지 않나? 지금도 화제의 중심에 있는 영화의 감독과 작가가 배우 하나 때문에, 그것도 아역 배우 하나 때문에 이렇게 움직인다는 게? 그러나 웃겨도 사실이었다. 지영이 보여준 연기는 그 정도의 파워를 충분히 가지고 있었다.

"근데 아직도 안 정했어?"

"뭘요? 아, 소속사?"

"응, 슬슬 정해야지 움직이기 편할걸? 소정 씨도 좋아서 한다지만 그래도 너한테만 계속 신경 써줄 순 없잖아?"

"음⋯⋯."

안 그래도 그것 때문에 좀 고민이긴 했지만, 이미 결론을 내려놓았다. 지영은 굳이 어려운 길을 가고 싶지 않았다. 둥지는 이곳 보라매로. 대신, 조건이 있었다.

"소정 누나랑 민아만 데리고 오면 이곳으로 할 생각이에요."

"그래? 오케이⋯ 후후."

차라리 다른 곳으로 가는 것보다는 마음 써주는 송지원이 있는 이곳이 지영에게도 훨씬 편했다. 그녀는 이 기쁜 사실을 얼른 회사 대표에게 알리려는지 폰을 드는데, 먼저 전화가 왔다.

"음? 네, 네. 같이 있어요. 결정 났어요? 네, 아, 잘됐네요. 알았어요, 전달해 줄게요. 네? 그것도 벌써 정하셨어요? 음⋯ 얼마 안 남았네요? 네, 그것도 전할게요. 네, 네네."

지원은 전화를 끊고 지영을 바라봤다.

"앞에 건 이해했고, 뒤에 것만요."

"하여간 눈치도 빨라. 제작 발표회 날 결정됐대."

"언제래요?"

"⋯⋯."

귀찮게 말 대신 손가락으로 날짜를 알려주는 송지원. 하나, 둘. 12월. 다시 접었다가 둘, 셋. 23일. 12월 23일.

"십이 월 이십삼 일… 나쁘지 않네요."

지영이 고개를 끄덕이며 한 말에 송지원은 그냥 픽, 하고 짧게 웃고 말았다. 그렇게 지영의 공개 석상 첫 데뷔 날이 결정되었다.

* * *

지영은 이사를 갔다. 그 과정에 민아 때문에 난감할 줄 알았는데 예상치 못한 방법으로 해결이 되어버렸다. 민아네 가족도 이사를 온 것이다. 완전히 옆에 붙어 있는 건 아니고, 근처의 아파트로 이사를 왔다. 지영도 의아했지만 생각해 보니 민아네 아버지가 탄탄한 중소기업의 사장이었던 것을 상기해 내자 의문은 가셨다. 이사에 대한 문제가 끝나자, 시간은 이름난 명마의 질주처럼 거침없이 내달렸다.

본래의 의미보단 이제는 연인의 날로 훨씬 더 각광받는 성탄절이 코앞으로 다가왔다. 그리고 23일, 리틀 사이코패스의 제작 발표회가 열리는 당일이 되었다.

지영은 아침부터 분주했다. 하루도 거스른 적 없던 운동까지 쉬고, 보라매에 나와 있었다. 딱 어제, 계약서를 찍었다. 민아는 아직 계약 기간이 반년 정도 남아 있어 바로는 못 넘어왔지만 서소정은 넘어왔다. 민아의 스케줄이 문제가 되겠지만 당장 민아가 6개월은 쉬겠다고 하는 바람에 바로 넘어올 수 있었다. 물론 CF 한두 개는 하겠지만 그건 그때 가서 도와주면 될 일이었다. 다행히 민아의 소속사는 민아를 가지고 트집을 잡지 않았다. 상대가 보라매라는 거대 엔터라 그럴 수도 있지만, 서소정의 말로는 사장이 애초에 민아를 자신의 회사에 오래 잡아두지 못한다는 걸 예전부터 알고 있었다고 했다.

그렇게 계약 문제는 깔끔하게 끝났다.

어쨌든 지영은 이제 당당하게 보라매의 배우가 되었다. 계약 조건도, 독소 조항도 없이 아주 깔끔하게 맺었다. 당연한 일이었다. 아버지가 검사고, 어머니가 현재 대형 로펌 변호사다. 임미정이 와서 계약도 직접 맺었다. 미치지 않은 이상 독소 조항을 넣을 리가 없었다. 조건도 좋았다. 대형 신인도 아니고, 괴물로 불리는 지영이다. 그래서 웬만한 탑 수준에 맞췄다. 그렇게 보라매에 입성한 지영은 관리를 받고 있었다.

"꼭 해야 되나요……."

"해야 돼요. 지영 군은 공식 석상이 얼마나 중요한지 몰라서 그래요."

아침에 나오자마자 의상을 본다고 난리를 쳤다. 계약이 어제 끝나는 바람에 이제야 움직이는 지영의 팀. 일단 한시적이라 했지만 지영에게는 개인 팀이 붙었다. 후원자라 할 수 있는 송지원의 강력한 부탁도 있었지만, 보라매 자체에서도 지영을 특별 관리하기로 마음먹은 듯했다.

스타일리스트 한정연이 수십 벌의 옷을 가져와서 지영의 몸에 대보고, 입히고, 대보고, 입히기를 반복했다. 그러나 문제가 생겼다. 가져온 옷들이 사이즈는 맞지만 너무 아동복 스타일이라, 그녀도 그렇고 지영의 마음에도 썩 들지 않은 것이다.

"아… 아직 초등학교 일 학년이라고 해서 너무 아동 스타일만 들고 왔네요. 어떻게 된 게 하나도 안 어울려……."

"그래도 핏은 좋은데요?"

"핏이야 이 나이 생각하면 발군이지. 게다가 지영 군, 운동하죠?"

지영은 대답 대신 고개만 끄덕였다. 지쳐서 그런 건 아니고, 옷을 대보는 와중에도 메이크업 담당인 이성은이 얼굴에 뭘 바르고 있었기 때문이다. 그녀는 꼼꼼하게 크림을 바르면서도 작게 투덜거렸다.

"피부가 많이 나쁜데? 왜 이래요? 혹시 운동해요?"

어리지만 너무 어른스러워 전부 존대 중이었다. 하지만 당장 그게 중요한 건 아니었다. 지영이 대답 대신 서소정을 보자, 그녀가 고개를 끄덕이고는 대신 답을 내줬다.

"요즘 배역 때문에 식단 조절해서 그럴 거예요."

"아하, 영양소 부족. 그럴 만하죠. 원래 그럴 때 피부가 제일 상해요."

이성은은 단박에 이해했다. 그리고 잠시 고개를 까닥거리면서 혼잣말처럼 중얼거렸다.

"그런데 이제 여덟 살인데 벌써 식단 조절에 운동까지? 너무 무리하는 거 아닌가?"

"지영 군이 고집을 안 꺾어서……."

"우와, 프로페셔널!"

살짝 침이 튀어 손등에 떨어졌지만 지영은 그저 바지에 슥 닦아버렸다. 부산함도 이런 부산스러움이 없었다. 한 시간. 지영은 무려 한 시간이 지나서야 두 여성의 손에서 벗어났고, 지하에 대기 중이던 송지원과 만나, 발표회 장소로 출발했다.

*   *   *

발표회는 조용함 속에서 진행됐다. 사전에 말이 있었는지 사회자가 빠르게 진행을 스킵했고, 어느새 질의 응답 시간이 됐다. 이 시간만을 기다렸는지, 모여 있던 연예부 기자들이 한곳을 바라보며, 아니, 노려보며 전의를 다졌다. 아직도 화제의 중심 속에 있는 인물이지만 단 한 번도 공개 석상에 모습을 드러내지 않았던 배우, 강지영. 솔직히 여기에 있는 모든 사람이 여덟 살 꼬맹이를 정말 그 나이처럼 보질 않았다. 아니, 못 했다. 그의 연기를 몇 번이나 보았고 그 결과 아이가 아닌, 한 명의 배우로서 대해야 한다는 생각이 어느새 저도 모르게 생겨났기 때문이다.

박종찬 감독에게 예의상 가장 먼저 질문이 날아갔다.

"지투데이 이성필입니다. 아직 '제국인가, 사랑인가'의 열기가 식지 않았는데 이렇게 빨리 차기작을 준비한 이유를 알고 싶습니다."

충분히 예상했던 질문.

"저를 조급하게 만드는 배우가 있어서 그렇습니다, 하핫."

힐끔, 기자들의 시선이 단박에 지영에게 몰렸다. 그러나 지영은 그런 시선 집중에 그저 조용한 미소로 화답했다. 허, 하는 짧은 탄성이 기자들 사이에서 흘렀다. 보여주는, 그리고 보여지는 여유가 상당했다.

"데일리스퀘어 김지영 기자입니다. 신은정 작가님에게 묻고 싶은 게 있습니다."

"네, 말하세요."

이번에도 예의상.

두 번은 기다리는 끈기를 발휘하고들 있다. 아마 지금 발언 기회를 쓴 이들에게는 한 번씩 더 기회가 갈 것이다.

"옆에 앉아 계… 있는 배우 강지영 군을 처음 캐스팅한 게 촬영장에서, 그리고 신 작가님이 직접 캐스팅하셨다고 들었습니다. 사실 여부와 맞다면 자세한 상황을 알 수 있겠습니까?"

기자라서 그런가?

제법 딱딱한 어조로 질문이 들어왔다. 신은정은 잠깐 생각을 정리하는지 펜을 몇 번 굴리다가 천천히 입을 열었다.

"일단 제가 직접 캐스팅한 건 맞아요. 당시 상황을 간단하게 설명하자면, 원래 숙 역할 아역이었던 배우가 갑자기 떡에 기도가 막히는 일이 벌어졌고, 그 과정에서 지영 군이 침착하게 사태를 해결했어요. 저는 그걸 봤고요. 그때 침착한 지영 군의 눈빛이 너무 인상적이라 제가 대기실을 찾아가 제안했어요."

"숙 역할을요?"

"네, 숙 역할을요."

그렇게 올 한해 가장 뜨거웠던, 그리고 아직도 뜨거운 숙이 탄생되었다는 이야깁니다, 라고 신은정이 말을 끝맺자 타다다 다닥, 토도도도독, 노트북 자판 두들기는 소리가 한참 발표회장을 매웠다.

그리고 이제 본론으로 들어갈 시간이 되었나 보다. 김윤식과 송지원이 같이 앉아 있는데도 한 기자가 과감히 둘을 생략, 모든 시선이 지영에게 몰려들었다.

후우.

짧게 심호흡을 한 기자가 마이크를 들었다.

"뉴뉴스의 이종삼 기잡니다. 저는 강지영… 음, 배우에게 질문이 있습니다."

호칭이 애매한가 보다.

"네."

지영은 가볍게 마이크를 들어 답을 했다.

"'제국인가, 사랑인가'에서의 인상 깊은 연기는 매우 잘 봤습니다. 혹시 이를 위해 연습이나, 지금까지 연기 경력이 있다면 간략하게 말씀 부탁합니다."

"연기 경력은 없습니다. 연습은 캐스팅 제의를 받고 시작했지만 시간이 없어 제대로 연습할 시간은 없었습니다."

"음……."

지영의 답에 기자들 사이에 신음이 흘렀다. 연기 경력이 없다. 게다가 압도적인 연기가 연습도 없이 나왔다고 한다. 거짓말인가? 아니, 그 이전에 지영이 연기는 이번 생에 처음이다. 그러니 캐기 좋아하는 기자들도 지영의 과거를 캐지 못했다. 뭔가 찍은 게 있어야 나올 건데, 찍은 게 없으니 나올 리가 없었다. 아, 하나 있긴 하다. 유치원 학예회 영상. 그런데 그것도 구도가 멀고, 그냥 병아리 옷 입고 합창한 것밖에 없었다.

"지금 나이가… 초등학교 일학년, 그러니까 여덟 살이라고 들었습니다. 사실입니까?"

솔직히 이 부분은 아직도 의문이 많았다. 네티즌들 사이에서도 분분하게 의견이 갈리고는 했다.

"네, 저는 지금 여덟 살입니다."

지영의 대답에 타다다닥, 타다다닥, 노트북 소리가 또다시 울렸다. 어떤 기자가 타자를 치다 말고 불쑥 속마음을 내뱉었다.

"저게 어딜 봐서 여덟 살인데……?"

혼잣말이었지만 그 말을 들은 기자들이 동조의 행동으로 고개를 단체로 끄덕이는 기묘한 현상이 발생했다. 피식, 그게 웃겼는지 송지원이 짧게 실소를 흘렸다.

그 이후로도 기자들의 질문 공세는 계속됐다. 아버지, 어머니에 대한 질문과 핫한 아역 유민아와의 관계까지, 정말 작정했는지 시시콜콜한 것까지 싹 물어봤다. 지영은 그 질문에 모두 성심껏 답해줬다.

첫 공식 석상이다.

나쁘게 보여 봐야 이득될 게 하나도 없었다.

"데일리패치 이수정입니다. 숙 역할을 할 때 굉장한 내면 연기를 선보였는데요. 듣기로는 애초 숙의 캐릭터와는 다른 방향으로 연기했다고 들었습니다. 따로 캐릭터를 만든 건가요? 그리고 혹시 후유증이나 이후 힘든 점은 없었습니까?"

"음……."

지영은 이번엔 마이크를 잡고 잠시 고심했다.

특별할 건 없는 질문이었지만 질문이 꽤나 많았다. 지영은 하나씩 대답하기로 했다.

"제가 연기 초보라 숙을 제대로 이해하지 못했습니다. 하지만 민아와 같이 다니다 보니 대본을 볼 기회가 있었고, 성인 역의 숙이 순과 대립하는 과정에서 차가운 연기를 선보인다고 해서 심상으로 캐릭터를 만들었습니다."

"그렇군요. 후유증이나 힘든 점은요?"

"있었어요. 차가움 속에 광기를 담다 보니 나중에 영향이 좀 남더라고요."

"어떤 영향이었나요?"

"음… 이런 말 하면 좀 이상하게 들리실지 모르겠지만 그 캐릭터가 가진 성향? 성격? 그런 게 그대로 의식에 남아요. 빼내는 데 시간이 좀 걸렸어요."

"……."

지영의 대답에 조용히 침묵으로 노트북만 때리는 기자들. 만족들 했나? 하는 생각을 할 때 질문을 했던 이수정 기자가 다시 손을 들었다.

"그 연기, 혹시 지금도 가능한가요?"

"……."

이건 무례한 질문, 아니, 요구였다. 발표회장에서 배우에게 즉흥 연기를 부탁하다니. 기자들도 눈살을 찌푸렸지만 솔직히 이들도 보고 싶은 마음이 굴뚝같긴 했다. 다만 누구도 총대를 메지 않았을 뿐이었다. 여태껏 꿔다 놓은 보릿자루처럼 가만히 있던 김윤식이 눈살을 찌푸리며 마이크를 들었지만 지영이 먼저 대답했다.

"그러죠."

그 대답에 '오오……' 하는 탄성이 울렸다.

"괜찮겠어?"

송지원이 슥 말했지만 지영은 그냥 고개만 끄덕였다. 어차피 제대로 보여주려고 했다. 이런 마음가짐을 먹지 않았다면 굳이 제작 발표회까지 자신을 숨기고 기다릴 필요도 없었다.

"대신 질문하셨던 기자님도 좀 도와주시겠어요?"

"네? 제가요?"

"네, 기자님이요."

하지만 지영은 호락호락한 인간이 아니었다. 지영의 의도를 읽은 건지 박종찬 감독을 비롯해 송지원까지 전부 피식 웃고 말았다. 그들은 안다. 지영이 피워내는 무형의 기세를. 그건 솔직히 범인이 버티기 힘든 종류의 압박감을 선사했다. 어떻게 이게 가능한지는 모르겠지만 강지영이란 인간은 그게 된다. 아마도 환생을 계속해서 경험하며 육신이 아닌, 영혼에 안착된 어떤 능력이 따로 있는 게 아닌가 싶었다.

지영은 의자를 부탁했다.

그리고 거기에 이수정 기자를 앉게 했고, 지영도 천천히 의자에서 일어났다. 손에는 펜 하나를 쥔 채였다. 지영은 일어나면서 서랍을 열었다. 폭군 이건. 오랜만에 꺼낸 흉왕의 기억이다.

흠칫!

계단을 내려오는 지영을 본 이수정 기자가 흠칫 몸을 떨었다. 빤히 바라보는 눈동자. 입가에 그려진 미미한 미소. 그러나 이미 눈빛은 번들거리고 있었다. 지영은 계단을 다 내려와서 천천히 이수정 기자에게 다가갔다. 찰칵, 찰칵! 카메라 불빛이 망막을 자극했다.

'불쾌하군.'

인상을 찌푸리는 대신, 지영은 환하게 웃었다.

흠칫!

그러나 이수정 기자는 또 놀라서 몸을 떨었다. 지영은 어느새 이수정 기자의 지척에 도착했고, 천천히 고개를 숙였다. 빤히 이수정 기자의 얼굴을 들여다보는 지영. 경력이 상당한 연기자도 질리게 만들었던 숙의 눈빛이다. 숙의 기세다. 폭군의 위엄이다. 이런 기세를 범인에 가까운 여인이 버틸 리가 없었다.

"이 숙이, 보고 싶었습니까?"

"……"

보여달라고 해서 보여줬다.

폭군 이건. 이들에게는 캐릭터지만 지영에게는 전생에서의 삶이고, 이름이었다. 그러나 아이러니하게도 사랑을 받았다.

'이상한 시대구나.'

피식.

입술을 질끈 깨물고 버티는 이수정 기자를 보던 지영은 셔츠 안, 우유처럼 뽀얀 목덜미에 시선이 갔다. 수도 없이 물고, 빨고, 찢어버렸던 목덜미. 궁녀가 비명을 지르면 더 좋았다. 아니, 그러는 게 훨씬 재미있었다.

'하지만 그래선 안 되겠지.'

시대가 다르다.

장소가 다르다.

신분이 다르다.

이곳에서는 범죄다.

욕망은 넘치나, 자제해야만 하는 상황이다.

"그 눈, 아름답습니다."

불안과 공포에 흔들리는 눈빛이 참으로 마음에 들었다. 그리고 지영은 기억 서랍을 닫았다. 이 정도면 충분할 것 같아서였다. 그러나 아직 남아 있는 여파가 기어코 한마디를 내뱉게 만들었다.

"너무 아름다워, 뽑아서 간직하고 싶을 만큼……."

"…흑!"

이수정은 결국 그 한마디에 고개를 푹 숙였다. 그런 그녀의 귓가로 마지막 결정타가 꽂혀 들어갔다.

"걱정 마요. 안 뽑을게."

오늘은.

지영은 그 말을 끝으로 상체를 세우고는 다른 기자들에게 천천히 인사를 하고 다시 단상으로 올라갔다. 이후 인터뷰는 김윤식과 송지원을 중심으로 흘러갔고, 한 시간 반 정도가 지나고 나서야 지영의 첫 공식 스케줄이 마무리가 됐다.

*　　　　*　　　　*

꽃피는 봄.

3월이 되었다.

그동안 지영에게는 많은 일이 생겼다. 리틀 사이코패스에서 지영이 보여준 연기, 아니, 퍼포먼스라 해야 하나? 어쨌든 그게 제대로 터졌다. 누가 찍었는지 그 장면을 제대로 담아 인터넷에 풀었다. 오들오들 떨던 이수정 기자는 그날부터 엄청난 스트레스를 받았다고 했다. 연기 아니었냐, 아무리 그래도 그렇지 고작 여덟 살짜리 말 몇 마디에 그렇게 쫀 게 말이나 되냐 등등. 그녀의 지인부터 회사까지 그녀를 닦달했기 때문이다. 개인 SNS는 당연히 문을 닫았고, 쥐 죽은 듯이 회사 안에서 일만 했다는 소식이 들렸다. 그리고 그녀를 그렇게 만든 강지영.

네티즌은 고의든 사실이든 괴물 배우의 탄생에 반가워했다. 더불어 리틀 사이코패스에 대한 기대치도 하늘 높은 줄 모르고 솟구쳐 아예 성층권 너머로 올라갔다. 투자자들의 입이 귀에 걸린 건 아주 당연한 일이었다.

'제국인가, 사랑인가'는 막을 내렸다.

최종 스코어 1,305만.

막판에 힘이 떨어지긴 했지만 솔직히 저 스코어도 결코 낮은 수는 아니었다. 모든 배우의 연기가 빛난… 건 아니고. 무한 연기 경쟁을 보는 맛이 있었다는 게 전문가들의 평이었다. 네티즌들은? 강지영! 닥치고 강지영! 미친 아역의 연기가 최고였다고 입을 모았다. 어쨌든 이제 열기가 가라앉을 때쯤, 한 학년 위로 올라가 2학년이 된 지영. 새 학기가 시작되고 일주일이 지났을 때, 리틀 사이코패스의 촬영이 시작됐다.

*　　　　　*　　　　　*

"여, 강 배우."

김윤식이 손을 흔들며 먼저 와서 대기하고 있던 지영에게 인사를 했다. 김윤식의 얼굴은 유쾌했다. 그동안 그도 체중 감량을 감행했는지, 발표회장에서 봤던 후덕한 이미지는 거의 사라져 있었다. 극 중 이중석 박사는 날카로운 이미지를 가지고 있다. 하얀 가운에 검은 뿔테 안경. 이중석의 트레이드마크다. 김윤식은 그런 이중석 캐릭터에 최대한 몸을 맞춰왔다. 본래 그의 연기 스타일인 후덕하면서도 면도날 같은 예리함과는 확실히 달랐다.

"오셨어요."

꾸벅.

지영은 일어나서 제대로 인사를 했다. 짧은 인사였지만 선배, 그리고 어른을 향한 존경을 담은 인사였다. 그걸 김윤식도 제대로 느꼈는지 웃으며 지영의 어깨를 쳐주고는 그의 앞에 앉았다.

"살 많이 뺐네?"

"네, 오 키로 정도 뺐어요. 선배님도 많이 빼셨는데요?"

"해야지, 캐릭터에 맞추려면. 근데 오랜만에 감량했더니 몸이 가벼운 건 좋은데, 역시 신경질이 자꾸 올라와서 힘들어 죽는 줄 알았다."

"하하, 저도 그랬어요."

지영과 김윤식의 대화는 부드럽게 흘러갔다. 하지만 애와 어른의 대화라는 걸 상기하면 기괴함이 느껴지는 대화였다. 그러나 '제국인가, 사랑인가'를 찍었던 스태프들 대부분이 리틀 사이코패스에 투입됐다. 애어른 강지영은 이미 그들에게도 익숙한 존재였다. 처음이 이상하지, 같이 계속 있다 보면 어느새 익숙해지는 거다.

"키도 좀 컸네?"

"네, 한… 사 센치? 이제 백오십 조금 안 돼요."

"이야, 쭉쭉 잘 큰다. 이럴 때 잘 먹어야 더 크는데 너무 무리한 거 아니냐?"

"해야죠, 캐릭터에 맞추려면."

"허헛, 허허허."

지영이 자신이 했던 답을 똑같이 들려주자 김윤식은 어이가 없었는지 그냥 허허 웃었다. 손때가 가득 묻은 김윤식의 대본이 눈에 들어왔다. 얼마나 읽었는지 아주 헤져 있었다. 지영은 새삼 그가 왜 대배우로 불리는지 알 수 있었다. 눈빛도 변했는데 온화함이라고는 거의 찾아볼 수 없었다.

이 역시 이준석 캐릭터다. 윤리적으로, 도덕적으로 허락되지 않은 실험을 감행하는 박사. 자신의 욕망을 위해 유전자 변환, 개조를 통해 대리모에게 아이들을 낳게 했다. 그리고 종국에는 자신의 부인에게도 실험을 하는 냉혈한 박사다. 나중에는 죄책감을 느껴 자신의 손으로 제이를 처리하려 하지만, 그 이전까지는 냉혈한 박사의 캐릭터가 주로 연기되어야 한다.

"제대로 된 연기는 이게 처음이지?"

"네."

전생을 모두 통틀어 연기 자체는 처음이었다.

놀이패에 들어간 적은 있지만 그건 흥을 위한 율동이 거의 전부였다. 지금처럼 연기를 영상으로 만들어 대중에 선보이는 직업을 가진 건 분명 처음이었다.

"내 여태 널 몇 번 안 봤지만 잘할 거라 믿는다."

"감사합니다, 선배님. 잘 부탁드려요."

"그래. 그럼 대사 좀 맞춰 볼⋯⋯."

"안녕하세요!"

'어머, 선배님! 일찍 오셨네요?' 하면서 송지원이 등장했다. 대사를 바로 치려던 김윤식은 그냥 피식 웃고는 대본을 덮었다. 같이 극을 이끌어갈 동료가 왔다. 그러니 인사 정도는 해주는 게 예의였다.

사람들이 속속 모였다.

안에서 회의 중이던 박종찬 감독과 신은정이 나오고, 준비가 끝난 장내에는 고요함이 조용히 내려앉았다.

오늘 찍을 신은 이렇다.

이중석 박사, 잘 크던 아이들에게 이상함을 발견한다.

1번 실험체 에이, 동물을 두 주먹으로 때리다. 2번 실험체 비, 3번 실험체 씨에 폭력을 행사하다. 4번 실험체 디, 언어능력을 상실하다.

일곱 살이 지난 어느 시점에 모든 실험체에게서 동시다발적으로 이상 현상이 발견되기 시작한다.

이중석 박사, 회의에 들어간다.

결과는 나오지 않는다.

이중석 박사, 일말의 불안감을 가지고 집으로 돌아온다.

자폐 증상이 조금 보이는 아들 제이에게 가지고 싶은 게 있냐고 물어본다.

마지막 실험체 제이, 없다고 대답한다. 대신 질문한다. 왜 가지고 싶은 게 있냐 물어보신 거죠?

이중석 박사, 아들에게 아버지가 선물을 해주고 싶어서라 답한다. 제이, 왜 선물을 해주고 싶어 하시는 거죠? 하고 묻는다. 이중석 박사, 왜, 라는 단어가 진짜 궁금해서 나온 왜가 아니고, 대화를 이어가기 위한 수단임을 알아챈다.

이중석 박사, 아들에게도 문제가 있음을 깨닫는다. 서둘러 제이를 데리고 연구소로 향한다. 아들 제이, 연구소에 도착, 실험체들과 대면하다.

마지막 실험체 제이, 실험체를 보며 조용히 웃다.

이게 오늘 찍을 신이었다.

적지 않은 분량이었다.

오늘 신은 순서대로 흐르지 않았다. 오히려 역순이라고 할까? 이중석과 제이가 먼저 신을 찍고, 연구소에서 이중석의 신이 진행된다. 보통 순차적으로 해야 편하지만 투자자들과 관계자들, 그리고 오늘 대망의 첫 촬영이라 부른 기자들 때문에 신 순서를 수정했다. 지영은 하나의 집으로 세팅된 세트장의 거실로 들어갔다. 김윤식은 현관문 건너편으로 이동했다. 배우가 대기하자, 공기가 일순간 뚝 떨어졌다. 감독의 액션! 사인이 떨어졌을 때, 배우 한 명은 조용히 준비하고 있던 서랍을 열었다.

*　　　　　*　　　　　*

끼익.

현관문을 열고 아버지라 불리는 인간이 들어왔다. 거실 소파에 앉아 있던 제이는 자리에서 느릿하게 일어나 현관으로 갔다.

"오셨어요."

"그래, 엄마는?"

"장 보러 가셨어요."

"밥은 먹었고?"

"차려주고 가셨어요."

그래, 하는 대답을 끝으로 아버지는 잠시 방에 들어갔다. 제이는 다시 소파로 가서 앉았다. TV에서는 어린이용 만화가 흘러나왔다. 끼익, 리모컨을 드는데 안방 문이 열렸고, 제이는 다시 리모컨을 내려놨다.

"제이야."

"네, 아버지."

"뭐 가지고 싶은 거 없니?"

"없어요."

가지고 싶은 거라… 모르겠다. 제이는 뭘 가져보고 싶은 마음이 든 적이 없었다. 필요한 건 집에 다 있었다. 생리 현상을 처리할 화장실이 있고, 시간되면 밥을 주는 부모님이 있고, 졸리면 잘 내 방도 있다.

그밖에 책이 있고, 노트가 있고, 펜과 연필도 있다.

게임기도 있고, 노트북도 있다.

다 있다.

그래서 가지고 싶은 게 없었다.

"근데 왜 물으세요?"

"그야 아빠니까. 아빠가 아들 선물 사주고 싶어서 물었어."

"그렇구나. 죄송해요. 없어요."

딱딱 끊어지는 대답에 이중석은 입술을 지그시 깨물었다. 이상하다는 생각을 해본 적은 없었다. 그저 아들 제이는 표현이 서툴다고 생각했다. 그러나 요 근래 실험체들의 이상 현상을 보고받고, 직접 눈으로 보며 이중석은 그 생각을 완전히 뜯어고쳐야 한다는 걸 깨달았다. 유전자 변형으로 인해 태어난 아이들이다. 창조해 낸 건 아니고, 대리모를 통해 인공수정 후 가공된 유전자를 투입시켰다. 그렇게 태어난 아이들의 공통점이 있었는데 비상하게 머리가 좋고, 발육이 빨랐다. 지식, 언어 습득 능력이 일반인의 네 배 이상 차이를 보였다. 하지만 다른 공통점도 있었다.

하나같이 말수가 적고, 감정 표현을 속 터질 정도로 절제한다는 공통점이었다. 처음에는 이걸 이상 현상이라 보지 않았다. 그러나 하나둘씩 터지는 사고들을 보니 이제는 확실한 문제로 보였다.

"제이야, 외출 준비하고 나올래?"

"네."

지금처럼.

이 아이는 왜? 라는 의문을 가지지 않았다. 어디 가요? 하고 물어볼 법도 한데, 결코 그런 말을 하지 않았다. 생각해 보니 지금까지 단 한 번도 그런 적이 없었다. 이거 할래? 네. 저거 할래? 네. 뭐 먹을래? 네. 이런 식이었다.

'좀 전의 왜도 그런 의미의 왜가 아니야. 그저 대화를 이어나가기 위한 수단……'

의문을 품지 않는다는 건 굉장히 위험한 일이었다. 연구소 실험체들 사이에서 일어난 폭력 사건처럼 말이다. 왜 때렸냐고 물었을 때, 실험체는 이렇게 대답했다. 그냥 때렸어요. 왜? 라는 질문에는 대답했지만 그냥이라는 대답은 쉽게 흘려들을 단어가 아니었다. 말하기 싫어서, 귀찮아서 그냥요, 라고 대답한 게 아님을 알기 때문이다.

말 그대로 그냥.

때린 이유가 없다.

어떠한 동기가 있어야 사람은 폭력을 쓰는 법인데 그게 없었다.

겨울이라 옷을 꽁꽁 싸매고 나왔다.

문을 나와 가만히 자신을 올려다보는 제이.

이중석은 그 눈빛에서 뭔가를 읽어보려 해봤다. 하지만 보이질 않았다. 단 하나도. 정말 어떠한 감정도 떠올라 있지 않은 눈빛. 이중석은 바싹 마른 입술에 침을 바른 후 제이에게 다가가 손을 잡았다.

"갈까?"

"네."

문을 나서 차에 올라 연구소로 향하는 이중석과 제이. 이중석은 운전 중 한 번씩 제이를 바라봤다. 꼿꼿한 자세. 보통 창문 밖을 구경할 법도 한데, 정말 정면만 보고 처음 자세 그대로 움직이지 않았다.

고급 차라 시트가 아무리 푹신해도 저 자세로는 어른도 견

디기 힘들다. 분명히 몸 어딘가 저리는 부분이 나올 테니까. 그러나 제이는 꼿꼿하다. 이중석에게 그동안 안 보이던 제이의 문제가 이제야 보였다.

차는 연구소에 도착했고, 이중석은 제이의 손을 잡고 연구소 안으로 들어갔다. 제이를 데리고 온 이유는 뇌파 검사, 뇌 CT를 비롯해 각종 검사를 받게 할 생각이었다. 연구소의 분위기는 칙칙하게 가라앉아 있었다. 윤리를 저버린 연구가 자행되는 곳. 한 의약 회사의 비밀 지부이기도 했다.

돈에 대한 욕심, 생명에 대한 욕심, 실험에 대한 욕심이 한데 섞여 있는 곳. 추악함의 극치가 존재하는 곳이었다.

지이잉, 지이잉.

"응, 제이? 아아, 기분 전환 할 겸 내가 데리고 나왔어. 응응, 걱정 말고. 아니야. 당신은 오늘 좀 쉬어. 저녁도 같이 먹고 들어갈게. 그래, 응. 집에서 봐."

전화를 끊은 이중석은 멈췄던 걸음을 다시 옮겼다. 뇌파 검사실에 도착한 이중석은 제이를 검사실 앞 소파에 잠시 앉혔다.

"제이야, 잠시 기다릴래? 아빠 잠깐 가서 누구 좀 만나고 올게."

"네."

이중석은 선임 연구원에게 통화를 걸며 복도를 걸어 제이의 시선에서 사라졌다. 이중석이 사라지고 나서야 제이는 천천히 주변을 살폈다. 여기가 어디지? 하는 궁금중에 보는 건 아니었다. 그저 이곳이 어디인지, 자신이 어디에 있는지 확인하기 위해서였다. 뒤는 새하얀 벽. 정면엔 전면 유리창으로 안이 훤히 들여다보였다.

제이의 시선에 유리창 안, 침대에 누워 있는 소녀가 보였다. 가슴이 봉긋 솟았으니 소녀가 맞을 것이다.

제이는 그 모습을 빤히 바라봤다. 소녀의 머리에는 형형색색의 선이 부착되어 있었다. 제이는 저 선이 뭘까, 하는 생각은 하지 않았다.

'빨강, 파랑, 노랑, 보라, 흰색. 선의 굵기는······.'

직접적으로 보이는 것만 파악하고 있었다. 기계라는 건 안다. 색색의 선이 달린 기계. 그리고 하얀 가운을 입고 누워 있는 소녀. 그 옆에 마찬가지로 하얀 가운을 입고 있는 연구원. 제이가 생각한 건 이게 전부였다.

5분 정도 지났을 때 연구원이 선을 떼어내기 시작했다. 선을 다 떼자 천천히 상체를 세우는 소녀.

"······."

"······."

빠······.

제이와 소녀의 눈이 마주쳤다.

제이는 그 순간 알 수 있었다.

저 소녀가 자신과 같은··· 인간의 손에서 태어난 '창조물' 혹은 '제작품'이라는 사실을. 그 사실을 깨달은 제이는 입을 벙긋거렸다.

반.

가.

워.

인사는 되돌아왔다.

반.

가.

워.

소리 없는 인사가 서로 오갔을 때, 제이는 처음으로 미소를
지었다.

『천 번의 환생 끝에』 2권에 계속…